Ein Traum? Was sonst!

Dieter Rath

Ein Traum? Was sonst!

Professor Rotas vermutete Realitäten

Bibliografische Information der Deutschen Nationalbibliothek
Die Deutsche Nationalbibliothek verzeichnet diese Publikation in der
Deutschen Nationalbibliografie; detaillierte bibliografische Daten sind
im Internet über http://dnb.d-nb.de abrufbar.

© 2012 Dieter Rath
Satz, Umschlaggestaltung, Herstellung und Verlag:
Books on Demand GmbH, Norderstedt
ISBN 978-3-8448-2122-2

Inhalt

Tod im virtuellen Grand Canyon

Sonst standen sie doch immer auf dem Flur (übrigens ein Verstoß gegen PISCIS 937) … Irgendetwas schien anders …

Er war doch im richtigen Stockwerk? … Administration RMGLK132Z102?

Professor Rota berührte die Room Defining Area auf seinem Personal Assistant. Akustisches Okay-Signal.

Vor dem Kursraum zögerte er; die Tür hatte noch, was man früher eine »Türklinke« nannte (der Gebäudetrakt hatte die Spezifikation »historisch wertvoll«). Man konnte selbst den Öffnungsvorgang beeinflussen, also »aufreißen« oder »langsam Klinke niederdrücken«, was man übrigens von innen sah, denn die Öffnungsklinke hatte ein Gegenstück, sozusagen die Schließungsklinke, die dann beim Verlassen des Raumes zur Öffnungsklinke wurde.

Rota hatte ein ungutes Gefühl. Er unterdrückte den Reflex, durch das Schlüsselloch (eine Art Vorläufer des Türspions) zu spähen; hatte man dieses nicht ohnehin zugegipst beziehungsweise thermisch versiegelt? Sein Bücken hätte möglicherweise auch ein Haltungsabweichungssignal erzeugt. Direktor Piscis hatte diese Deviationsmelder einbauen lassen, Marke Unisono. Er hatte in seinem Studium ein Semester Biofeedback belegt (»Lächle – du fühlst dich sofort besser!«).

Rota achtete stets auf die richtige Körpersprache; zu seiner Studienzeit hatte man sich nur mit wissenschaftlichen Inhalten befasst. Wie man diese vermittelte, überließ man dem Instinkt oder einem Trial-and-Error-Verfahren. Manipulationsstrategien musste man eben selbst entwickeln. Also, nicht zum Pult schlendern, die Arbeitsunterlagen suchen, dann die Kursteilnehmer fixieren, sondern bereits beim Hereinkommen Augenkontakt herstellen und Dominanzsignale aussenden.

So ganz unproblematisch war der diesjährige Maturumjahrgang gewiss nicht; es bedurfte einer fachlichen (kein Problem) und rhetorischen (kein Problem), ja manipulativen (psst!) Kompetenz im Umgang mit diesen zehn Individuen.

Alsdann: »Guten Morgen, meine Damen und …«

Was war dies? Von wegen Individuen – zehn identische Gestalten saßen vor ihm. Was sollte denn dieser Unfug? So gut war die Klausur über Kafkas »Schloss« nicht ausgefallen, dass man Identitätsspiele mit Kafka zelebrieren musste. Gewiss, es war eine maskenbildnerisch gelungene Leistung, vor allem was die Kursdamen anbetraf. Die leicht Basedow'schen Augen etwa wirkten überzeugend.

Es waren doch nicht etwa Puppen? Zehn Kafka-Puppen, »Schaufensterpuppen«, wie man sie vor der Jahrhundertwende nannte. War nicht ein Vater Leiter des hiesigen MuHiMas (Museum für historische Manipulationen)?

Die Puppen bewegten sich! Standen auf! »Guten Morgen, Professor!« Aus einem Munde, oder vielmehr wie aus einem Munde. Mit einer synthetischen Stimme, männlich/weiblich.

Reserveoffizier Rota dachte: ›Rührt euch!‹ – da setzten sich die Puppen.

Zehn Augenpaare folgten ihm, als er zur Rückwand ging, um seinen Hologrammator zu aktivieren. Auf die

Zeitprogrammierung war wieder einmal kein Verlass gewesen.

»Wir wollen heute die Holografieversuche der letzten Woche ergänzen …« Kopfnicken, zehnmaliges. Wie Förderpumpen. Rota ärgerte sich über diese Assoziation. Oder ärgerte er sich über diese skurrile Situation?

Hatte er seinen Referendaren nicht immer gesagt, Flexibilität sei alles?

»Wie Sie sich erinnern werden …« Kopfschütteln, zehnmaliges.

Alles eine Frage der mentalen Kontrolle! Augenkontakt herstellen! Kontakt herstellen! Körperkontakt? Warum nicht?

Was würde denn passieren, wenn er eine(n) Schüler(in) am Arm anfasste? Eine Puppe, ein Hologramm, ein Phantom?

Warum saßen sie heute eigentlich nicht im Halbkreis, sondern hintereinander in zwei Fünferreihen? War denn heute alles anders?

Nein! Rota hatte sich nicht verändert. Er war überlegen wie immer. Also: Er legte der Figur links außen die Hand auf den Arm. Jawohl!

Aus Kafka wurde wieder Mirjam. Wenn das hier funktionierte, dann auch bei – sagen wir – Sonja. Volltreffer! Auf zum Dritten, zur Dritten! Musste Martina sein. War es auch! Ursprüngliche Sitzordnung und ein wenig Psychologie, und alles würde berechenbar; auch nicht lineare Systeme haben ihre immanente Logik!

Drei waren reaktiviert/-animiert.

Drei? Wo war Mirjam geblieben? Die war doch nicht etwa rekafkaesiert?

Doch! Dann konnte er sich diese Sisyphusarbeit ja schenken.

Rota hatte plötzlich Angst, doch die Nerven zu verlieren. Er brauchte Zeit. »Nicht lineare Dynamik und Krisenmanagement«. Der Titel seiner Dissertation.

Hier ist die Krise.

Unterricht abbrechen, unter einem Vorwand. Der Hologrammator war vergangene Woche teilimplodiert. Wie bringt man einen Hologrammator zum Implodieren? Zum Pseudoimplodieren. Durfte keinesfalls auffallen. Der diesjährige Maturumjahrgang war überdurchschnittlich intelligent. By Jove!

Frühere Jahrgänge hatten sich bei ihren Streichen darauf beschränkt, Multimediashows zu manipulieren (kleine Pornoeinlagen, haha) oder Zeitprogramme umzuschreiben (jede Vorlesung war zwei Minuten kürzer, welch Gewinn). Aber so richtig auf Psycho … Das war neu. Und Rota musste zugeben, nicht nur neu, sondern äußerst wirksam.

Man hatte fast Zweifel, ob es nur ein Schülerstreich war.

Professor (Dr.) Rota zwang sich, trotz der Stressoren analytisch vorzugehen. Er brach die Dekafkaesierungsversuche ab und bat den Kurs um eine kurze Unterbrechung.

»Ich weiß, es ist unlogisch, um eine Unterbrechung zu bitten, wenn man den Unterricht noch gar nicht begonnen hat. Bitte, legen Sie meine Worte nicht auf die linguistische Goldwaage. Sagen wir, 15 Minuten? Die Cafeteria ist geöffnet, ja?«

Sonja und Martina existierten (auch) nicht mehr.

Zehnmaliges Kopfnicken. Dann verließen sie den Raum. Im Gleichschritt. Wortlos. An der Tür drehten sich alle zu ihm um, lächelten, winkten (!). Der Letzte beziehungsweise die Letzte betätigte die Schließungsklinke.

Danke! Gott, den Göttern, egal.

Problemlösung in einer Viertelstunde. Nach spätestens 20 Minuten würden sie wieder vor ihm sitzen, und dann? Sollte – konnte – er die Situation einfach ignorieren, so tun, als ob nichts sei, keine Metamorphose, nichts? Er würde schon noch herausfinden, mit welcher maskenbildnerischen Technik diese überzeugende Wirkung erzielt wurde. Wahrscheinlich war der Kurs so stolz auf seine Performance, dass er von allein die Erklärung anbot, inklusive Demonstration.

Vielleicht sollte er sie loben wegen des gelungenen Streiches; nur weil seine Nerven so schlecht waren … Eigentlich war es beschämend, wie er reagiert hatte. Er hatte sich verhalten wie ein Cyberspace-Anfänger, der Realität und Fiktion nicht auseinanderhalten konnte.

Nun, da Rota die Situation analysiert und dadurch wieder im Griff hatte, freute er sich geradezu auf die Fortsetzung der Stunde. Er rief das Zeitsignal ab – in spätestens fünf Minuten …

Aber da kamen sie ja bereits, die Kafka-Clones.

Was war dies? Von wegen Kafka-Clones! Zehn Individuen schlenderten zu ihren Plätzen.

Professor Rota schmunzelte. Man hatte also beschlossen, sich bereits jetzt zu dekafkaesieren. Eigentlich schade, sah doch ganz interessant aus, vor allem die Basedow'schen Augen.

»Meine Damen und Herren, ich begrüße Ihre Rückkehr in die reale Realität, wenn Sie mir das Wortspiel erlauben. Was den Ausflug ins Virtuelle betrifft, so danke ich Ihnen für diese professionelle Demonstration.«

Das Wort »professionell« gebrauchte Rota nur, wenn er es mit einem Lob ernst meinte; seine Schüler wussten dies.

»Nur keine falsche Bescheidenheit«, fuhr Rota fort, denn auf den Gesichtern glaubte er eine verkrampfte Gleichgültigkeit zu entdecken. Vielleicht wollten sie nicht zeigen, wie sehr sie sich über sein Lob freuten. Bei dieser Jugend sollte man sich noch auskennen! Von wegen cool – was die brauchten, waren Streicheleinheiten.

Nachdem Rota den Hologrammator eingeschaltet, die Aufgabenstellung zu den Einzelplätzen gebeamt und den Corrector aktiviert hatte, wartete er auf das befriedigende Gefühl, das sich regelmäßig einstellte, wenn er ein Problem gelöst hatte. Durch Analyse. Durch strikte Rationalität.

Rota hatte ein ungutes Gefühl. Irgendetwas schien anders. Wie heute schon einmal. Vor der Kursstunde.

Was nützt die Rationalität, wenn das Gefühl … Linke Gehirnhälfte Logik, rechte Gehirnhälfte Kreativität.

Um ehrlich zu sein, seine Schüler schauten ihn an (verstohlen?), als ob … er vielleicht nicht ganz … bei Verstand sei.

Nach Kursende ergab sich fast immer die Gelegenheit, mit einigen Kursmitgliedern Problemlösungen zu erörtern. Manchmal waren diese Gespräche befriedigender als der Unterricht selbst.

Als Rota den Hologrammator, den Beamer und den Corrector deaktiviert hatte und sich umdrehte, sah er – niemanden.

Warum nicht? Dann eben nicht. Zufall? Gewiss, Zufall.

Sein Kurs hatte nicht plötzlich etwas gegen ihn? Da war doch diese gemeinsame Sitzung mit der SAR (Schülerartikulationsrunde), wo er, Rota, den Schülersprecher einen Ignoranten und die SAR ein Sandkastenspielgremium genannt hatte.

Vielleicht sollte er mal mit dem Schulpsychologen sprechen; nein, besser nicht. Der war doch selbst therapiebedürftig.

Und jetzt Schluss der Diskussion (mit sich selbst). Die Aufwand-Nutzen-Relation war inzwischen im disproportionalen Bereich.

Rota wollte und musste sich entspannen und – jawohl – belohnen. Er verzichtete folglich auf die Benutzung der Magnetbahn und entsiegelte seinen mühe- und liebevoll restaurierten Ford Mustang (Spezifikation »historisch wertvolles Vehikel«). Den Stellplatz im Securitybereich hatte ihm die Triple-A-Leistungseinstufung des Vorjahres eingebracht. Sein Großvater durfte es noch erleben, der ihm das Exemplar geschenkt hatte, inklusive Wochenendkurs »Bedienen eines Automobilveteranen: Lenken-Kuppeln-Schalten-Bremsen«. Eine absolute Eustressperformance.

Nach der fünffachen Fahrzeit im Vergleich zur Magnetbahn erreichte Rota seinen Suburbia-Techno-Bungalow. Um seine Frau nicht zu beunruhigen, hatte er seine Verspätung mit einer aufwendig nachgerüsteten Mobilfunkanlage angekündigt. Was sie ihm über eine Einladung zu einer Kreativ-Party durchgab, konnte er nicht richtig nachvollziehen; wahrscheinlich lag es an Übermittlungsimpulsfehlern wegen des Sonnensturmsymptoms beziehungsweise der mangelnden Elektrosmogabschirmung des Heimweges.

Professor Rota wusste, dass er sich auf seine Familie verlassen konnte. Und er war dankbar dafür: Gott, den Göttern, dem Schicksal, der Vorsehung, den Naturgesetzen etc. pp.

Seine Frau war eine erfolgreiche Interethnik-Juristin, seine Tochter eine begeisterte Transworld-Pilotin, sein Sohn ein begabter Psychoneuromedic. Dieser familiäre Background umfasste auch die Generation der Eltern und der Großeltern. Und dies ohne Ausnahmen! Wie anders hätte Rota die Distresssituationen der vergangenen Jahre bewältigen können! Linguistische Schönfärberei für:

— zweiwöchige Geiselnahme mit abschließender »Problemlösung der Staatsorgane« (Erschießung der drei Geiselnehmer plus zwei Schüler plus eine Lehrkraft);
— Suizidfall (mit Vorwürfen gegen Rota in dem von einem nicht versetzten Schüler gefälschten Abschiedsbrief);
— Erpressungsversuch (ein Vater war mit Rotas Gutachten für das Stipendiumsgesuch des Sohnes nicht zufrieden);

- Bestechungsversuch (ein Ehepaar war nicht darüber informiert, dass Rota von seinen Eltern ein Wertpapierdepot als Schenkung erhalten hatte, das ihn finanziell so unabhängig machte, dass er sein Gehalt in einen Investmentfond für bedürftige Schriftsteller und Schauspieler einzahlte);
- Verleumdung (Rota saß sechs Wochen in Untersuchungshaft, bis die Schülerin Gewissensbisse bekam und ihr Psychokonstrukt eingestand; es dauerte weitere sechs Wochen, bis er wieder unterrichten durfte. Rota vermutete, dass sein Sohn illegitimerweise einen Distanzlügendetektor eingesetzt hatte, was er wohl nicht zugeben würde. Rota hatte ihn auch nicht gefragt).

Vielleicht war es gut gewesen, durch den Verzicht auf die Magnetbahn Zeit zur Reflexion zu haben. Er hatte alle diese Herausforderungen gemeistert; eine Steigerung der Vorkommnisse war wohl nicht zu erwarten.

Professor Rota sollte sich wundern.

Gut gelaunt stieg Rota aus seinem Wagen und schloss ihn ab; die Betriebsanleitung in Buchform nannte das »Zentralverriegelung«.

Als er den Bungalow betrat, hörte er das Zeitsignal. Hatte er die Automatik nicht deaktiviert?

Seine Frau hatte es ausgelöst. Als Rota sie sah, wusste er auch, warum. – Es war als Vorwurf gedacht. Sie stand in ihrem Party-Outfit neben dem Communicinfo-Tower und schaute etwas unfreundlich drein. Wirklich nur etwas.

»Hattest du deinen Transmitter abgeschaltet?«, fragte sie.

Um ehrlich zu sein, hatte er dieser Mobilfunkanlage immer misstraut, aber man musste die historischen Spezifikationen beachten. Vielleicht war es auch ein Bedienungsfehler seinerseits gewesen. Warum sollte er es nicht zugeben?

»Entschuldige, ich wusste nicht, dass die Einladung schon heute war.«

»Bei Consultant Hide.«

»Da waren wir doch erst vor …«

»Fünf.«

»… fünf Tagen. Was sollen wir da schon wieder? So interessant war es doch nicht. Im Übrigen gefällt mir die Psychedelic-Masche von Hide nicht. Dessen Haschzigaretten passen zeitlich zu meinem Ford Mustang, aber die Neodesignerdrogen der Hyperpostmoderne kann man doch nicht einfach wegrauchen. Warum veranstaltet, oder besser, warum inszeniert er diese Partys eigentlich? Wie kommen wir auf die Gästeliste?«

Frau Rota schaute ihren Mann nachdenklich an. »Ich weiß, dass du das Analysieren verinnerlichst, aber ich glaube, hier überziehst du. Hide ist der Visioncoordinator der Soma-Laboratories, die übrigens Sekundärsponsoren eurer Institution sind.«

»Seit wann das?«

»Das wusstest du nicht?«

»Nein.«

»Und warum nicht?«

»Weil ich irgendeinmal von diesen Manipulativstrategien wegkommen wollte. Also hätte ich das Angebot als Verwaltungscontroller unserer Institution annehmen sollen?«

Frau Rota lächelte. »Erwartest du eine Antwort?«

Rota verbeugte sich mit großer Geste wie ein Schmierenschauspieler. »Gnädigste, wann muss ich umgezogen sein?«

»In etwa einer Stunde.«

»Gut«, Rota zögerte, »bei der letzten Einladung hatte ich – lach mich ruhig aus – ein ungutes Gefühl. Jawohl: Gefühl. Es hat mit diesem Kreativhappening zu tun. ›Nun fassen wir uns an den Händen, schließen die Augen, zuvor nehmen wir noch einen Schluck.‹ (Danach macht es ja wohl Schwierigkeiten bei geschlossenen Augen.) ›Dann geben wir uns ganz unseren Empfindungen hin.‹ Im vorigen Jahrhundert nannte man das Selbsterfahrungsgruppen mit Bodykontakt und Urschrei. Gefällt dir das denn?«

»Ich sehe es als gesellschaftliche Verpflichtung. Und die Party hat mir zwei neue Mandanten verschafft.«

»Sag mal, war ich eigentlich sehr betrunken?«

»Wann?«

»Während der Party, nach der Party.«

Frau Rota schaute ihren Mann verwundert an. »Weder noch, du hast ein Glas – wie hieß das doch? – ›Klosterbräu Originalabfüllung mit Jahrhundertgarantie‹ getrunken.«

»Warum musste ich dann am folgenden Morgen eine Clear-Inhalation machen, um halbwegs klar denken zu können?«

»Mir ist nichts aufgefallen, auch den Kindern nicht.«

»Den Kindern? Waren die denn dabei?«

Rota merkte, wie die Stimme seiner Frau instabil wurde. Wenn das kein Signal war … Signal wofür?

Frau Rota sagte: »Erinnerst du dich, dass der Parkzuweisungsserver bei Hide sehr langsam arbeitet? Man nimmt einem die Verspätung trotzdem übel. Übrigens, heute kommt nur Bernard mit, Lenina hat einen außerplanmäßigen Mach-3-Flight.«

Bevor Rota zurückfragen konnte, ging seine Frau in ihren Businessbereich des Bungalows.

Irgendetwas schien heute auch zu Hause anders.

Um ihren Sohn Bernard abzuholen, mussten Rotas mit ihrem Citymobil einen Umweg steuern lassen, wodurch sie sich erheblich verspäteten.

Es schien Rota, als ob der Gastgeber Hide geradezu erleichtert war, dass sie doch noch kamen, so herzlich wurden sie begrüßt.

Was das Büffet anbetraf, so stellte sich die Verspätung als Glücksfall heraus; der Partyservice legte gerade neu nach, und das nur vom Besten. Rota konnte sich an keine vergleichbare Einladung erinnern, seine Frau auch nicht.

Die Gäste, es mochten etwa 50 sein, verteilten sich um den Swimmingpool.

Frau Hide hatte Bernard ins Haus gebeten, seine Frau hatte offensichtlich Bekannte getroffen. Professor Rota kam sich etwas deplatziert vor und suchte den Getränkeservice, als Consultant Hide auf ihn zukam.

»Professor, was darf ich Ihnen zu trinken anbieten? Hat Ihnen vor einer Woche die Klosterbräuspezialabfüllung geschmeckt?«

»Haben Sie etwa eine Gästepräferenzdatenbank?«, meinte Rota lachend.

»Ich nicht, aber mein Partyservice.« Nun lachte Hide.

Rota hatte ein ungutes Gefühl. Er war wohl überarbeitet. Vielleicht sollte er ein Freisemester nehmen. Seine Stresssymptomatik lief allmählich auf das hinaus, was man vor Jahrzehnten »Verfolgungswahn« nannte. (Er sollte mal mit diesen historischen Bezügen aufhören.)

»Entschuldigen Sie, Hide, ich bin heute kein angenehmer Gast.«

»Ärger im Lehrinstitut?«

»Ärger ist nicht der richtige Ausdruck. Ich war heute Opfer eines seltsamen Schülerstreiches.« Warum erzählte er das? Wen interessierte so etwas?

Hide schien aber interessiert. »Seltsam?«

»Ja, eigentlich harmlos. Ein technischer Trick, ein Verwandlungstrick.«

Hide schien überdurchschnittlich interessiert. »Das müssen Sie mir erklären; aber zuvor hole ich Ihnen Ihr Getränk, ich habe es ganz vergessen.«

Hide ging ins Haus. Warum das, der Getränkestand war doch an der gegenüberliegenden Poolseite?

Hide kam mit zwei Gläsern zurück, dicht gefolgt von Bernard, den Frau Hide inzwischen wohl ausgiebig über ihre Medizinaldefekte befragt hatte. Eine kostenlose Session.

Hide und Rota wollten sich gerade zuprosten, als die Pool-Illumination anging und eine Lautsprecherstimme die Abendhighlights ansagte: Jazzband, Feuerwerk, Mitternachtspolonaise mit Politstars. Leider übersteuerte die Anlage so stark, dass aus dem Zuprosten und dem dazugehörigen Toast vorerst nichts wurde. Hide und Rota stellten ihre Gläser ab und schauten auf eine Leuchtschrift, die über dem Swimmingpool zu schweben schien.

Da sah Rota aus den Augenwinkeln, wie sein Sohn Bernard die Gläser vertauschte.

Hide merkte nichts, doch Bernard hatte bemerkt, dass sein Vater es mitbekam. Dann verschränkte Bernard die Arme.

Rota hatte mit seinem Sohn, als dieser etwa zehn Jahre alt war, eine Art Körpersprachensystem entwickelt, das sie dann vor allem im Familienkreis einsetzten. Sie hatten viel Spaß damit gehabt, auch als Mutter und Schwester mit ihren Decodierungsversuchen immer mehr erfolgreich waren.

Arme verschränken bedeutete: ›Ich weiß, was ich tue.‹

Rota wartete geradezu auf das anschließende Zeichen für ›Vorsicht, hier stimmt etwas nicht‹: Brille abnehmen und sich die Nase reiben.

Was tat Bernard? Er nahm die Brille ab, hob sie hoch, putzte die Gläser, blickte durch in Richtung Vater und rieb sich die Nase.

Als die Leuchtschrift verschwunden und die Lautsprecher verstummt waren, griff Hide nach seinem Glas, Rota nach dem anderen.

»Auf die kreativen Schülerstreiche des Francis-Bacon-Lehrinstituts!«

»Auf die Forschungsaufträge der Soma-Laboratories!«

Kam es Rota nur so vor, dass Hides Hand etwas zitterte, als er das Glas erhob? Rota hatte Gerüchte über einen Militärforschungsauftrag des Octogons (ehemals Pentagon) gehört.

Beide tranken ihr Glas leer. Ein Ritual aus Studentenzeiten; heutzutage war »nippen« in. Alkohol war die Droge der Prämoderne und passte zeitlich zum Ford Mustang.

Als Rota das Glas absetzte, wollte er Hide Einzelheiten der Verwandlung schildern. Aber Hide war verschwunden.

Rota wollte seinen Sohn fragen, was das Vertauschen der Gläser zu bedeuten hatte, aber Bernard war ebenfalls verschwunden.

Frau Rota war ohnehin schon weg – nein, da drüben stand sie neben dem Direktor des MuHiMas. Da ging er besser nicht hin, der hätte ihm heute gerade noch gefehlt.

Rota musterte die Gesprächsgruppen. Militärs, nichts für ihn, trotz Reserveoffizier. Und daneben? Ökos, man sah es an der Kleidung. Weiter: Kollegen. Ach so, war er nicht der Repräsentationsgast des Instituts? Rota war fast etwas beleidigt. Mitarbeiter der Soma-Labs. Man erkannte sie am Freizeitprofilook. So stellte er sich die Handelsvertreter vor, wie sie sein Großvater geschildert hatte.

Wenn sich Rota über etwas ärgerte, so war es vertane Zeit. Zeiträuber waren ihm verhasst. Warum hatte er nicht wenigstens seinen Miniplanner eingesteckt? Ein ruhiger Platz fand sich auf jeder Party.

Er überlegte gerade, ob er im Citymobil nicht ein Infomodul hatte, das er mit einem Handgriff outdocken konnte, als er eine Hand auf seiner Schulter spürte.

»Mein lieber Rota, da sind Sie ja. Ich muss Ihnen etwas zeigen.«

Hide war es, mit einem leeren Glas in der Hand. Dem Glas. Linguistisch inkorrekt. Bierseidel mit Metalldeckel. Zinnklappdeckel. Eingraviert: Klosterbrauerei Andechsia. Ob das historisch korrekt war?

»Kommen Sie, Rota.«

Es schien Hide viel daran gelegen. Er nahm Rota bei der Hand (!) und führte ihn zu einem zweiten Swimmingpool, der, nur schwach illuminiert, von den Gästen gar nicht vermutet wurde.

Sie setzten sich in eine Hollywoodschaukel. Die Wasserfläche vor ihnen spiegelte das angekündigte Feuerwerk.

»Lieber Rota, ich habe Ihnen vor einer knappen Woche großes Vertrauen bewiesen, wie Sie wohl wissen.«

Rota wusste nicht, was er sagen sollte.

»Ich meine die Verwandlung Ihrer Schüler. Diese Kafka-Metamorphose.«

Kam jetzt der Herzinfarkt? Fühlte man sich da so? Rota griff unwillkürlich nach der Brust. Er hatte doch von den Kafka-Clones noch gar nichts gesagt. Das waren doch keine Erinnerungslücken? Keinerlei Ursache für eine retrograde Amnesie!

»Lieber Hide (wieso ›lieber‹?), was möchten Sie denn über den Schülerstreich wissen?«

Hide stand auf. »Das war kein Schülerstreich, Sie Ignorant! Herr Doktor! Herr Professor! Reine Projektion. Wahrnehmendes Subjekt. Wahrgenommene Objekte. Ich habe auch Philosophie studiert. Kant, Fichte, Schelling, Hegel. Jawohl! Da staunen Sie, was? Brauche keine Titel. Reine Chemie. Und Forschungsreihen. Versuche. Und Versuchsobjekte. Tiere. Menschen. Als Student habe ich Selbstversuche unternommen.«

Hide lachte. Oder besser, kicherte.

»Aber als es gefährlich wurde, habe ich andere, jawohl, Nicht-Ichs eingesetzt. Können Sie mir folgen, Rota? Intellektuell? Sie sind nicht überfordert, nein? Man hat mir das Abschlussdiplom verweigert. Ich hätte mich an ein Moralappellationsgremium wenden können. Als ob ich das nötig gehabt hätte! Wer ist die Nummer eins bei Soma? Ich. Wer zieht die Aufträge an Land? Ich.«

Hide beugte sich zu Rota herab. »Professorchen, wir haben einen Großforschungsauftrag …«

»Ja, vom Octogon.«

Hide setzte sich wieder neben Rota. »Das wissen Sie?«

Rota bluffte: »Natürlich; Entwicklung einer Psychowaffe in Spray-, Tabletten- oder Kapselform, die den wahrnehmenden Kampfsubjekten wahrgenommene Gegnerobjekte vorgaukelt.«

Hide fiel Rota um den Hals. »Lieber Professor, Sie haben mich durchschaut. Sie bekommen einen Assoziationsvertrag mit Soma-Laboratories. Wir beide sind dann unschlagbar auf diesem Gebiet.«

Dies war ein Verrückter! Rota versuchte, die Umarmung Hides sanft zu lösen.

Hide nahm Rota bei der Hand. Schon wieder.

»Kommen Sie, mein lieber Rota. Ganz nahe an den Rand. Keine Angst, ich bin ja bei Ihnen. Der Streifen ist schmal, aber sicher.«

Streifen? Es war ein Sprungbrett. Aber der Pool war ja gefüllt.

»Sehen Sie, Rota? Wie schön! Wie erhaben! Wie majestätisch! Ich bin selbst einmal hindurchgeflogen. Da staunen Sie, was? Ich habe eine Helikopterlizenz. Sie auch?«

»Nein, Hide, dazu habe ich es nie gebracht.«

»Warum nicht?«

»Die Aviationstheorie machte mir Schwierigkeiten.« – Ganz cool bleiben. Was immer hier geschah, da musste man durch. Was war schlimmer: der Morgen mit den Kafkas oder der Abend mit Soma?

»Ja, Rota, da hilft ein Intellektuellengehirn nicht weiter. Schön, so ein gerahmtes Diplom an der Wand. Aber allein die Praxis zählt. Sie wären längst in den Colorado gestürzt.«

Rotas Augen hatten sich inzwischen an das Halbdunkel gewöhnt. Die Situation war mehr als skurril. Sie standen auf einem Sprungbrett über der Poolwasserfläche. Man vernahm gedämpft eine Jazzband und eine Art Hintergrundrauschen der Partygäste.

»Warum sollte ich in den Colorado stürzen?«

»Weil es nicht ohne Risiko ist, durch den Grand Canyon zu fliegen. Sehen Sie den Felsvorsprung dort drüben? Da zerschellte einmal eine Aviac mit 64 Touristen an Bord. Warum bleiben diese Leute nicht zu Hause und nutzen ihre Interaktivräume für eine Grand-Canyon-Simulation?«

»Und warum flogen Sie selbst einmal durch den Canyon?«

Hide flüsterte: »Den Unterschied zwischen real und virtuell muss man euch Theoristen wohl noch immer erklären. Rota, achten Sie doch einmal auf die Farbschattierungen der gegenüberliegenden Felswand. Und dann senken Sie den Blick nach unten, ganz nach unten. Nur

Mut, ich halte Sie fest. Dieser braune Streifen, ach was, dieser Strich da unten, das ist der Colorado.«

»Ja«, sagte Rota, »das ist sehr realistisch.« Er wollte einfach irgendetwas sagen.

»Realistisch?«, sagte Hide laut. »Soll ich Ihnen einmal den Unterschied zwischen realistisch und virtuell demonstrieren?«

»Gern«, erwiderte Rota.

»Ist dies ein Swimmingpool oder der Grand Canyon?«, fragte Hide.

Lauernd, so hörte es sich an.

Rota dachte: ›Das merken Sie, wenn Sie springen.‹

»Geben Sie keine Antwort, Rota? Können Sie nicht, oder wollen Sie nicht?«

Hide fasste Rota an den Schultern. »Wissen Sie, wie Sie den Unterschied herausfinden, Professor? Indem Sie sich hinunterstürzen!«

Hide lachte schrill wie ein Irrer, schlug sich auf die Schenkel, schien sich nicht beruhigen zu können. Plötzlich verstummte er. Rota wusste, was nun geschehen würde. Rota wusste, warum er heute eingeladen war. Rota war vorbereitet.

Als Hide zuschlug, wich Rota geschickt aus. Hide verlor das Gleichgewicht und stürzte in den Pool.

Rota hatte einen derartigen Todesschrei schon einmal gehört, als beim Bau des Institutsheliports ein Arbeiter in die Tiefe fiel.

Einer Eingebung folgend, sprang Rota hinterher.

Partywette mit Todesfolge – Soma-Laboratories verlieren ihren Visioncoordinator durch Herzversagen.

Professor Rota hatte an den folgenden Tagen viel Zeit, während der Wartephasen seinen »Kafka-Tag« zu reflektieren.

Er hatte Termine mit der Presse, der Polizei, dem Soma-Werkschutz und dem Octogon.

Die Wahrheit behielt Rota bei allen diesen Gesprächen für sich.

Er war also Teil einer Versuchsreihe gewesen. Und hätte sein Sohn nicht zufällig gesehen, wie Hide eine Kapsel in das für ihn, Rota, bestimmte Bierglas getan hatte, wäre er tot.

Dann wäre er in den virtuellen Grand Canyon gestürzt.

Rotas Sohn behauptete ihm gegenüber, er habe nur einen Partystreich vermutet, mit einer harmlosen Manipulationskapsel. Man kannte das ja. Die Gäste umstanden jemanden, der sich einbildete, im Schlafzimmer oder beim Zahnarzt zu sein etc. Komisch, unglaublich komisch.

Rota bedauerte, seinen Schülern nicht die Wahrheit sagen zu können. Das Verhältnis war seit dem Kafka-Tag gestört.

Rota verließ nach den Abschlussprüfungen auf eigenen Wunsch das Institut. Einer seiner fähigsten Schüler hatte bereits einen Anstellungsvertrag bei den Soma-Laboratories …

Monate später saßen Vater und Sohn anlässlich eines Familientreffens in Rotas Arbeitszimmer. Bernard hatte das Gespräch gesucht.

»Hattest du einen Verdacht, Bernard, dass es mehr war als ein Partystreich?«

»Nur ein vages Gefühl.«

Beide schauten sich amüsiert an. Welch Wort in einer dermaßen reflexionsfreudigen Familie.

»Und was waren deine Gefühle, als ihr auf dem Sprungbrett standet?«

Rota wurde ernst. »Ich wollte ihn selbst in den Pool stoßen. Ich hätte deswegen kein schlechtes Gewissen gehabt.« Bernard schaute seinem Vater ruhig in die Augen. Dann gingen sie zu den anderen zurück.

Mega-Crash

Lenina Rota deaktivierte die zusätzliche Sperre, welche die Tür zwischen Cockpit und Passagiervorraum sicherte, nachdem sich der Flightdirector durch Irislaser identifiziert hatte.

»Etwas Wichtiges? Wir sind gerade im Landeanflug.«

»Sie müssen ihn abbrechen!«

»Einen Mach-3-Flight abbrechen? Wann waren Ihr letzter Mental-Sanity-Check und Ihr letztes Technical-Standard-Briefing? Spaß beiseite – es ist nicht Ihr Ernst?«

Captain Rota schwenkte ihren Sessel etwas zur Seite, sodass Flightdirector Spencer den Landungskontrollmonitor einsehen konnte.

»Darf ich?« Spencer berührte die Problem-Zone-Area auf dem Touchscreen.

»Warum sollte es Probleme geben?«, fragte die Flugzeugführerin.

»Fällt Ihnen nichts auf? Die Zeit bis zum Touchdown?«

»Elf Minuten, zehn Sekunden. Warten Sie, gerade waren es doch noch weniger als acht Minuten.«

»Eben. Brechen Sie den Landeanflug ab! Ziehen Sie den Vogel hoch!«

»Emergency Code Number?«

»5. Out of five.«

»Sie sind sich der Folgen bewusst?«

»Ziehen Sie hoch!«, schrie Spencer.

Im Kontrollturm herrschte Bestürzung über den offensichtlich manuellen Abbruch des Landeanflugs. Es dürften etwa 150 Meter gewesen sein. Höhe über Grund. Eher weniger.

Die Computerdaten stimmten doch alle. Anflugwinkel, Anfluggeschwindigkeit, berechneter Punkt des Aufsetzens …

Seit man vor vielen Jahren den Fluglotsen den Beamtenstatus genommen hatte und der Staat in der Folge auf das Ausbildungsmonopol verzichtete, kümmerten sich einige Privatinstitute um den Nachwuchs. Die Konkurrenzsituation führte zu einer Qualitätssteigerung.

Ausbilder Malone kam auf den eigentlich naheliegenden Gedanken, die zukünftigen Fluglotsen öfters von ihren Monitorwänden im fensterlosen Tower auf das Dach zu schicken, um die virtuelle Realität mit der Anschauung zu vertauschen. So auch heute.

»Schauen Sie sich mal 'ne Landung live an. Vergessen Sie Ihr Fernglas nicht. Warten Sie, ich komme mit.«

Aspirant Molloy musste wegen der Turbulenzen durch den Mach-3-Jet beide Arme auf der Dachreling aufstützen.

»Warum legte die Fire-Brigade keinen Schaumteppich?«

»Schaumteppiche braucht man nur bei Bauchlandungen, wenn also das Fahrwerk nicht ausgefahren werden kann. Es gibt auch heute noch keine technisch überzeugendere Lösung, wenn das auch nur im metaphorischen Sinne ein Schaumteppich ist bei diesen molekularmanipulierten Gleitoberflächen. Aber das wissen Sie doch, Molloy.«

»Eben. Deshalb sind die also durchgestartet?«

»Weshalb?«

»Weil kein Schaumteppich da war.«

»Bitte, was?«

»Sie hatten doch das Fahrwerk nicht ausgefahren.«

»Sie hatten *was* nicht?«

»Sie hatten das Fahrwerk nicht draußen, und als sie sahen, dass kein Schaumteppich ausgelegt war, sind sie durchgestartet. Gerade noch rechtzeitig. Sie hätten vielleicht auch ein Fernglas mitnehmen sollen.«

Der Ausbilder schaltete sein Cellphone auf Towerfrequenz. »Hier Malone. Haben die euch nicht informiert, dass ihr Fahrwerk klemmt? Hallo, Tower! Hier Malone. Hört ihr mich nicht?«

»Doch, Malone. Hier Tower. Sagten Sie ›Fahrwerk‹?«

»Ja, Fahrwerk.«

»Wir … wir haben hier ein Problem.«

»Seid ihr sicher, dass es nur *eines* ist?«

»Malone, kommen Sie doch bitte mal rüber.«

»Ihr meint runter. Okay.«

Malone war selbst jahrelang Fluglotse gewesen. Er hatte sich auf Mach-3- und Mach-4-Flüge spezialisiert, die bei den Kollegen unbeliebt waren. Es gab zwar eine Stresszulage, aber vor allem die Jüngeren verzichteten gern darauf.

Es hatte noch keinen Unfall gegeben, aber dies war nur eine Frage der Wahrscheinlichkeitsarithmetik. Selbst mit Computerunterstützung war die menschliche Reaktionsfähigkeit häufig an der Grenze des Vertretbaren. Die

Pilotenvereinigung hatte schon vorgeschlagen, sich auf Mach-2-Flüge zu beschränken und den Zeitverlust eben durch schnellere Passagierabfertigung zu kompensieren. Die Lobby der Flugzeughersteller blockierte naturgemäß derartige Pläne. Nach dem ersten Mega-Crash würde man anders darüber denken.

Als Malone das Kontrollzentrum betrat, glaubte er, sich in der Tür geirrt zu haben. Wieso war nur eine Monitorwand illuminiert? Das war doch die Mach-3-Wand?

»Stolpern Sie nicht, Malone, so dunkel, wie es bei uns ist.«

»Wer wird denn so schwarz sehen, Krapp?«

»Glauben Sie mir, Malone, uns ist nicht zum Scherzen zumute. Wir geben alle Landungen an andere Airports ab. Wir streichen alle Starts. Auch wenn uns das Millionen Euro kostet. Kaum schlimmer als Ausgleichszahlungen an die Hinterbliebenen von 904 Passagieren, plus Betriebsrenten für die Angehörigen von 34 Besatzungsmitgliedern.«

»Habt ihr schon eine Erklärung für den Beinahe-Crash?«

»Mann, Malone, Sie sind doch aus der Branche. Nicht einmal eine Vermutung.«

»Und jetzt sind die in einer Warteschleife und versuchen, mit ihrem Fahrwerk klarzukommen?«

»Wir haben mit denen keinen Funkkontakt.«

»Ihr habt was nicht?«

»Funkkontakt. Spreche ich so undeutlich?«

»Nicht einmal über das Iridium-System? Sozusagen als privates Back-up? Es ist doch unwahrscheinlich, dass kein Passagier mit Iridium-Cellphone an Bord ist.«

»Wenn der Captain sozusagen elektronormenrigid ist, sind die Handys alle ausgeschaltet.«

»Kennen Sie den Captain? Es gibt ja bestenfalls zwei Dutzend Mach-3-Flugzeugführer.«

»Und nur zwei Flugzeugführerinnen. Ich glaube, es ist Lenina Rota. Ich erkenne sie an ihrem Anflugwinkel und Ihrer Zeitvorgabe: Bring den Vogel runter, je schneller, desto besser. Basta. No Talk – Action. Ein bisschen, jedoch nur ein bisschen, das Gegenstück zum reflektierten Papa, Professor Rota, dem Dozenten am Francis-Bacon-Institut. Jedenfalls bis vor einiger Zeit.«

»Kennen Sie die Pilotin etwa persönlich, Krapp?«

»Sicher, Malone. Sie ist mein Patenkind.«

»Und warum sagen Sie, Sie ›glaubten‹, es sei Lenina Rota? Sie haben doch die Flugdaten? Sie sprachen von den genauen Passagierzahlen, von den etwa 30 Besatzungsmitgliedern.«

»Für mich war klar, wer da einschwebt, so hätte man früher gesagt. Ich rufe die Crew mal ab: Captain: no name. Flightdirector: no name. Passenger Nr. 894*: no name. Passenger Nr. 169******: no name. Der Computer zensiert – oder wie soll man das sonst nennen? Aber warum?«

»Die Passagierzahl ist dreistellig; nach der dritten Zahl kommt jeweils ein Joker. Wer hat Interesse, diese Daten zu manipulieren?«

»Mein lieber Malone, fragen Sie lieber: Wer hat Interesse, diesen Flug zu sabotieren?«

»Apropos Funkkontakt. Das häuft sich in letzter Zeit. Wir sind so elektroversmogt, wie man das in den Neunzigerjahren vorausgesagt hat. Nicht das Y2K-Problem war die Sache, sondern der schleichende Anstieg der Frequenzüberlagerungen. Können Sie eigentlich feststellen, ob die Frequenz von innerhalb oder außerhalb des Jumbos gestört wird?«

»Gute Frage, Malone. Mein Emergency-Team hat weder Funk- noch Satelliten- noch Radarkontakt herstellen können. Wenn die versucht haben, woanders zu landen, wer sagt mir, dass die inzwischen gemerkt haben, dass ihr Fahrwerk defekt ist?«

»Krapp, wüssten wir denn von einem Mega-Crash?«

»Ist nach dem letzten Atomreaktor-GAU und den Bürgerkriegen ein in den Sand gesetzter Jumbo mit 1000 Einheiten noch eine Info wert? Natürlich haben wir ein Selektionsprogramm installiert. Also, rufen wir es ab: Drei Crashs binnen der letzten vier Stunden. Summe der Toten: 17. Ergo, unser Jumbo ist noch in der Luft.«

»Krapp, hier Emergency-Team. Wir haben Funkverbindung. Ich stelle durch.«

»Top Priority / Mach 3 / Rota.«

»Grüß dich, Lenina.«

»Who's that?«

»Krapp.«

»Du solltest mal 'nen Antrag auf Änderung der Namensschreibweise stellen. Crap. Das ist nämlich, was ihr hier abliefert. Schrott. Auf den ihr bitte auch eure Landeunterstützungssysteme werfen solltet. Könntet ihr mal ein paar Euro in ein technisches Update stecken? Oder wie habt ihr euch eure Landebahn vorgestellt, nachdem ich hier beinahe mit einer Tausendschaft abgeschmiert bin? Mit Bulldozern und Feuerwehrschläuchen drüber? Und statt mir eine Flughöhe zuzuweisen, friere ich mir auf Verdacht in 20 Kilometer Höhe den Arsch ab. Weil ich immer schon mit Partnern wie euch gerechnet habe, bestehe ich in ewigem Kampf mit dem Finanzchef meines Carriers darauf, den Vogel mit einer Reserveladung von einer Stunde zu betanken. – Wie soll's nun weitergehen?«

»Wir hätten einen Vorschlag zu machen.«

»Ach ja? Ich höre.«

»Es ist eher eine Bitte.«

»Und die wäre?«

»Versucht bitte keine Landung ohne das Fahrwerk auszufahren. Ihr würdet uns viel Ärger ersparen.«

»Sag mal, hast du sie noch alle?«

Krapp unterbrach die Verbindung, indem er eine Störung simulierte. Er drehte sich zu Malone um und schaute ihn fragend an.

»Tja, Krapp, in den Bürgerkriegen der Neunziger nannte man die Polizeistrategie ›Deeskalation‹. Hier haben Sie es mit einer Person versucht. Ich bin mir sicher, Sie haben Erfolg. Selbst ein so geschulter Mach-3-Pilot erlaubt sich derartige Gefühlsausbrüche. Obwohl, es war ja wirklich eng.«

»So etwas kann durchaus zum Stressabbau beitragen. Die Pilotin ist im Belastungsrating ganz oben. Sie hätten Lenina als Teenager erleben sollen. Bungeejumping war eine Mittagspausenaktion.«

»Ich wäre gern im Cockpit. Bei der Problemanalyse.«

»Krapp, hier Emergency-Team. Der Jumbo versucht über verschiedene Frequenzen, Kontakt zu bekommen. Wir brauchen etwa eine halbe Minute, um die Funkunterbrechung glaubhaft zu simulieren. Brauchen Sie noch eine Verzögerung?«

»Nein, stellen Sie baldmöglichst durch.«

»Rota, ich meine Lenina. Onkel Krapp, du bist noch dran?«

»Klar.«

»Ich entschuldige mich später bei dir. Code 112.«

»Code 22 22 22.«

»Wusste ich doch! Wir sind hier ziemlich geschockt. Wir haben einen Teilausfall unseres Navigationssystems angenommen beziehungsweise einen Fehler eures Touchdown-Supports. Unser Landing-Gear war für uns kein Thema. Wir hatten auch keinen Warnhinweis und haben folglich auch keine Okay-Abfrage vorgenommen. Das haben wir vor fünf Minuten nachgeholt. So, und jetzt kommt's. Die Segnungen des Fly-by-Wire. Du kriegst dieses Fahrgestell ja nur per Funkbefehl raus. Und bis wir die Programmierzeilen gefunden und neu überschrieben haben, sind wir zum Segelflugzeug mutiert. Mit dieser Sinkgeschwindigkeit hätten selbst die Spaceshuttles alt ausgesehen. Übrigens haben wir Angst, ja, du hörst richtig, regelrechte Angst, dass wir noch mehr Unheil in der Elektronik anrichten. Obwohl, wie ich gerade ablese, komme ich mit dem verbleibenden Sprit auch nicht entfernt an eine Wasserlandemöglichkeit. Das war's dann wohl – oder?«

»Augenblick, Lenina.«

Malone hatte mit Unverständnis registriert, dass Aspirant Molloy vor einiger Zeit den Kontrollraum verlassen hatte. Wenn man aus einer Situation etwas lernen konnte, so doch aus dieser.

Molloy war gerade wieder hereingekommen, ziemlich außer Atem.

»Malone, Krapp, bitte sorgen Sie für eine Video-Konferenzschaltung des gesamten sogenannten Cockpits, also auch der Engineer-Module in den Flügelansätzen und im Heck.«

Der technische Direktor des Towers signalisierte: zwei Minuten. Nach 70 Sekunden zeigte die Mach-3-Wand das Jumbo-Cockpit und die drei Module.

»Hier Aspirant Molloy. Captain Rota, ich habe als Student ein Praktikum in der MacLockheed-Flugzeugwerft absolviert, einige Wochen im Konstruktionsbüro und ein paar Tage in der Finanzplanung. Daher weiß ich, dass bei Modernisierungen Vorgängerversionen aus Einspargründen zum Teil einfach belassen wurden, weil eine Neukonstruktion teurer gekommen wäre. Bei der Umstellung auf das Fly-by-Wire-System ließ man also die Drahtseilzüge beziehungsweise die mechanische Steuerung, wo sie waren, und setzte die Elektronik sozusagen obendrauf.«

»Hier Rota. Das glaube ich nie und nimmer. Das wäre doch zusätzliches Gewicht. Und wie sollen wir an diese Anlagen herankommen, Molloy?«

»Ich habe mir diesen Teil des Handbuches ausdrucken lassen, als Beispiel für Neokapitalismus. Ich scanne Ihnen die Lageskizze, ein 3-D-Modell. Damit Ihre Ingenieure sehen, wo sie mit Wärme draufhalten müssen. Denn diese toten Module sind thermoversiegelt. Keine Angst, es sind nur hitzefeste Metallteile.«

In der Video-Konferenzschaltung konnte Molloy Rota, vor allem aber die Modul-Engineers überzeugen, dass man quasi per Hand das Fahrwerk rauskurbeln konnte. Zum Glück war ein älterer Ingenieur namens Groman im Einsatz, der nicht mit der Zeitgeist-Elektronik-Gläubigkeit geimpft worden war.

Nach zwölf Minuten meldete sich Rota: »Wir müssen unseren dritten und damit letzten Mechaniker einsetzen. Das Arbeiten mit dem Kopf nach unten, plus der G-Belastung durch unsere engen Warteschleifen … Uns fehlt noch ein halber Meter.«

»Hier Molloy. Ihr müsst noch 30 Zentimeter rausquetschen. Mit 20 Zentimeter Toleranz kann man leben. Das puffert das Hydrauliksystem ab, vor allem wenn ihr durch unseren Extra-Lande-Support einen flacheren Touch-down-Winkel bekommt. Da legen wir uns schon technisch ins Zeug.«

›Guter Mann‹, dachte Ausbilder Malone, ›unsere Psycho-Ausbildung zahlt sich aus.‹

»Hör mal, Krapp. Tu mir einen Gefallen und stell das Psychogesülze bei dem Aspiranten ab, so dankbar ich ihm bin. Ich will mich gern mit ihm treffen, falls ich das hier überlebe, ich meine natürlich, falls *wir* das hier überleben. Im Augenblick brauche ich Facts. Ich höre gerade, dass unser dritter Mechaniker ohnmächtig geworden ist.«

»Schickt einen Ingenieur runter!«

»Schon was von overqualified gehört? Der kurbelt mir doch das Fahrwerk wieder rein. Wartet, man sagt mir, Groman habe sich freiwillig gemeldet. Guter Mann. Da haben wir noch eine Chance. War übrigens Klassenkamerad meines Vaters. Guter Jahrgang.«

»Erweitert den Radius eurer Warteschleifen ruhig um drei Meilen, damit der G-Druck auf Groman etwas minimiert wird. Wir halten den Luftraum schon frei. Sinkt schon mal auf 14 Kilometer.«

Malone hatte sich Molloys Konstruktionszeichnungen der Fahrwerkshydraulik vergrößert.

»Ich glaube, Molloy, 22 Zentimeter Toleranz wären gerade noch drin.«

»Hier Rota. Groman ließ sich gerade hochziehen. Er zeigte uns seine Handschuhe mit Rostflecken, ganz ordinären Rostflecken. Schöne neue High-Tech-Welt. Die Seilrollen klemmen.«

»Lenina, wie viel fehlt noch bis zur Endarretierung?«

»Wir messen es noch mal nach.«

»Wie viel, Lenina?«

»Wir haben Messschwankungen.«

»Zwischen?«

»17 und 19 Zentimetern.«

»Das reicht!«, riefen Malone und Molloy gleichzeitig.

»Also«, sagte Rota, »dann stuft euren Stand-by-Alarm auf Emergency hoch.«

Nun waren alle Wände des Kontrollzentrums illuminiert. Es war immer wieder ein Spektakel. Wie anders sollte man es nennen? Kilometerlange Reihen von Löschpanzern, Operationsvans, Mannschaftswagen des Technischen Dienstes mit intelligenten Robotern; jeweils platziert nach Wahrscheinlichkeitsberechnungen. Mit dem expandierenden, um nicht zu sagen explodierenden Flugaufkommen nach der Jahrtausendwende hatten die Datenbanken genügend Input. Die Crash-Forschung war unglaublich beflügelt worden, als jemand auf den Gedanken kam, Modelle der Aktienkursentwicklung zu transferieren. »Mr. Stochastik« bekam den Nobelpreis und wurde Milliardär.

»Sagen Sie, Malone: Mit Schaumteppich ist jetzt nichts mehr?«

»Das Fahrwerk ist doch draußen.«

»Man könnte es absprengen.«

»Bitte, was, Molloy?«

»Man könnte es absprengen. Falls die Landung mit dem tiefer gesetzten Jumbo wider Erwarten Schwierigkeiten macht, hätte man eine Alternative. Allerdings wird die Zeit für das Präparieren einer zweiten Landepiste knapp.«

»Das mit dem Absprengen wissen Sie aus Ihrem Praktikum?«

»Undocumented Feature. Wie bei vielen Computerprogrammen.«

»Nein«, entschied Malone. »Interessant, aber logistisch zu spät. Auch psychologisch zu spät. Wir sagen Krapp nichts davon.«

Eine Wand des Kontrollzentrums war nun für das Cockpit reserviert.

Lenina Rota sagte: »Wir kommen runter, Krapp. Okay?«

Krapp: »Positiv. Haltet euch an unseren Radarstrahl. Ignoriert euer System. Lasst es nur zum Vergleich mitrechnen. Wir haben den flacheren Winkel berücksichtigt. Ideal wäre, du würdest die Landegeschwindigkeit um zehn Meilen erhöhen. Und jetzt noch eines, Lenina …«

»Augenblick der Wahrheit, dear Uncle Krapp?«

»Ja. Würdest du bitte ab Höhenmeter 150 von Hand steuern?«

»Und warum?«

»Die Automatik nimmt weniger Rücksicht auf das Material.«

»Also wird es doch eng?«

»Jein. Wir geben dir zusätzliche Höhenpeilungen. Und ich habe veranlasst, dass zwei Abfangjäger links und rechts auf Cockpithöhe bei der Landung präsent sind.«

»Beziehungen zum Octogon?«

»Ich war bei der Luftwaffe – remember? Mein Vater übrigens beim Pentagon.«

Molloy sagte: »Wir können mit Laserstrahlen eine weitere Peilhilfe geben, farblich abgestimmt. Mit violettem Flackerlicht, sagen wir, bei Höhenmeter 20. Oder, Captain Rota?«

»Höhenmeter 15.«

»Okay. Und unter Höhenmeter 10 tiefrot.«

»Blutrot, wie sinnig.«

Es wurde dann doch eng. Das Problem war nicht die Höhe, sondern die Seitenabweichung. Der erste Anflug stimmte um zwei Grad nicht. In den zwölf Minuten bis zum zweiten Landeversuch programmierte Molloy den Laser um, sodass zusätzlich auf dem Runway ein fluoreszierender Strich zu sehen war.

Krapp und Malone hätten den Eingriff in die Software am liebsten verboten, aber unter dem Eindruck der Seitenabweichung ließen sie den jungen Kollegen gewähren.

Es sollte nicht das einzige Problem bleiben.

Als der Jet aufsetzte, machte man im Kontrollturm nicht den Fehler, den die meisten Passagiere machten: Beifall klatschen.

»Hier Rota. Was kommt nach der Landepiste? Ackerboden, Sandboden, Wald?«

»Lenina, du hast genügend Auslauf.«

»Glaube ich euch, aber meine Schubumkehr funktioniert nicht. Genauer gesagt, es würde funktionieren bei Triebwerk 2 und Triebwerk 4. Also links innen und rechts außen. Das nennt man asymmetrisch. Den Dreher kann ich nicht riskieren.«

»Man müsste die Schubgewichtung berechnen können«, sagte Krapp leise zu Malone. Molloy hatte ein Modul seines Laptops ausgewechselt.

»Captain Rota, hier Molloy. Setzen Sie Triebwerk 2 auf 75 Prozent und Triebwerk 4 auf 62 Prozent.«

»Das soll gegen die Asymmetrie helfen? Und woher haben Sie die Prozentangaben?«

»Ein weiteres undocumented Feature der Firma Mac-Lockheed.«

»Was bleibt mir übrig? Macht's gut!«

Die Sekunden wollten nicht vergehen. Man hörte keine Rettungshubschrauber … Molloy war auf das Dach gerannt …

Keine Explosion. Kein Geräusch von schleifendem Metall …

»Ackerboden, Sandboden, Wald.«

»Um Gottes willen, Lenina, sag doch etwas!«

»Ich sage es doch: Ackerboden, Sandboden, Wald, in der Reihenfolge. Soweit ich das vom Cockpit aus erkennen kann. 200 Meter Piste hätten wir noch gehabt. Mehr aber auch nicht. Ohne die Lasermarkierung hätten wir alt ausgesehen. Ohne die Schubumkehr noch älter.«

»Vergiss das Fahrgestell nicht, Lenina.«

»Und vergiss nicht, dich bei dem zu bedanken, der euch das Leben gerettet hat. Nicht wahr, Onkel Krapp, das hättest du doch als Nächstes gesagt? Einmal ein kleines Mädchen, immer ein kleines Mädchen. Ist ja richtig peinlich, wenn der das mithört.«

»Keine Angst, Lenina, der ist auf dem Dach.«

»Wie hieß der noch mal – Malloy?«

»Molloy. – Ich werde heute ein langes Event-Briefing haben, sonst hätte ich dich zum Essen eingeladen. Wie wäre es mit morgen Abend?«

»Gern. Beim Italiener. Und jetzt rufe ich Daddy an, denn wenn der es erst aus den Medien erfährt, regt er sich noch mehr auf.«

*

Professor Rota war nach seinem Ausscheiden aus dem Francis-Bacon-Institut bereits mehrere Jahre am Johannes Kepler Centre tätig, das mit ihm einen vorteilhaften Anstellungsvertrag abgeschlossen hatte. »Interdisziplinäre Aktionspromotion« – so etwa hatte er auf Befragen seiner Familie sein neues Arbeitsfeld umschrieben. Seine Frau hatte sich besonders für die Vertragsklauseln interessiert und nicht zu Unrecht eine neue Klientel erhofft. Sein Sohn Bernard war offensichtlich immer noch stolz darauf, seinem Vater damals gegen Consultant Hide geholfen zu haben. Und Tochter Lenina hatte darauf bestanden, die genauen Umstände des Attentats auf ihren geliebten Vater während eines Ballonflugwochenendes zu erfahren. Sie mietete anschließend, gegen Professor Rotas halbherzigen Protest, einen Helikopter und flog mit Papa den Grand Canyon ab. Bruder Bernard habe zu dieser Poststressverarbeitung geraten.

Professor Rota hatte am J. K. C. die Herausforderung –

ein Modewort der Postmoderne – begeistert angenommen. Sein Tätigkeitsbereich war weitaus praxisorientierter als früher, was dazu führte, dass er Feedback-Erfolge erzielte. Er war ja kein schlechter Pädagoge gewesen, aber inzwischen war er ein guter. Ein markanter Unterschied! Dies schloss die wissenschaftliche Qualifikation nicht aus, obwohl manche Kollegen damit Probleme hatten.

Das Bildungsszenario des Jahrtausendendes konnte wohl nicht treffender charakterisiert werden als mit einem Ausdruck, den Professor Rota anlässlich eines Eltern-Roundtables verwendet hatte und der ihm damals – unter Direktor Piscis – viel Ärger eingebracht hatte: »Weichspülpädagogik«.

Glücklicherweise war die Sensibilität für Mobbing bereits stark entwickelt, und man hatte aus den Fehlern des Neo-Feminismus gelernt. Im Gegensatz zu den damaligen Frauenbeauftragten wurden die Anti-Mobbing-Beauftragten besser geschult und arbeiteten deshalb effizienter. Es gab sogar den Fall, dass zwei Institutsleiter ihren Posten verloren. Zu Rotas Verwunderung war Piscis nicht darunter. Offensichtlich war der Einfluss des Nirwana-Clubs (einer modernen Version der Klassiker »Rotary« oder »Lion's«) bereits so groß. Piscis war ein F2K-Member. Rotas Großvater hätte von einem »Goldenen Parteiabzeichen« gesprochen. Für die ersten 2000 Beitritte.

Mochte Piscis weiter das Institutsklima vergiften – was ging es ihn noch an? Aus der Richtung Soma-Laboratories befürchtete Rota schon eher Schwierigkeiten, sei es von Soma selbst, genauer gesagt, den ehemaligen Mitarbeitern Hides, oder von Hides Familie. Hide hatte zwei

Kinder in Leninas und Bernards Alter: Dr. William T. Hide und Susan O. Hide, M.Sc. Doktorarbeit des Sohnes: »PLACEBO – Alchemie und Internet«. Diplomarbeit der Tochter: »Wellentheorie – Innovation, Substitution, Manipulation«.

›Ganz der Papa‹, hatte Rota gedacht, als der Agent des Observation-Service ihm die Berufsprofile der beiden vorlegte. Zu seinem und seiner Familie Schutz war Rota gewillt, einige Tausend Euro zu investieren.

Er erinnerte sich nur zu gut an den militärischen Forschungsauftrag des Octogons. Durch Hides Tod hatte es nicht nur zeitliche Verzögerungen gegeben. Über Dr. Hide war nichts in Erfahrung zu bringen. Nichts Berufliches, nichts Privates. Nichts. Was dafür sprach, dass er für das Octogon arbeitete. Und dessen Geheimdienst hatte einen langen Atem und einen langen Arm …

Die Beziehung beziehungsweise Ehe von Consultant Janus Hide und seiner Frau Helena füllte hingegen fast einen Ordner. Hide hatte einen ziemlichen Durchhänger gehabt, als der Studienabschluss danebenging. Das fehlende Diplom … das Geständnis bei der Party … Er war gesellschaftlich abgerutscht, bis ins Rauschgift- und Red-Light-Milieu. Und da traf er auf Helena. Nein, nicht auf dem Straßenstrich. Dort wurde er aber auf Helena aufmerksam. Durch eine Prostituierte, die bessere Tage gesehen hatte, falls man das so nennen durfte. Die mit Helena ein Studio betrieben hatte. Quasi nach dem Prinzip Shareholdervalue: erstklassiger Service – zufriedener Kunde – gutes Geld. So einfach war das. Dennoch verlor eines Abends Helena ihre Partnerin, weil ein Kunde deren Gesicht neu modellierte. Der Observation-Agent bat darum, die Einzelheiten aussparen zu dürfen.

Rota kam sich ohnehin bereits wie ein Voyeur vor. Aber es musste sein, wie bereits die folgenden Informationen zeigten. Hide bot nämlich an, das Studio zu managen. Nach zwei Jahren war der Service perfekt:

Sex – in allen, wirklich allen Varianten;
Drogen – natürliche, synthetische, kombinierte;
Dienstleistungen
    – Bestechung (Firmen, Behörden),
    – Erpressung (Ehemänner, Schutzgelder),
    – Versicherungsbetrug (Diebstahl, Reisen, Unfall),
    – Kidnapping (Aufpreis!),
    – Dokumentenbeschaffung.

Vulgo: Es gab eine Fälscherwerkstatt – Geburtsurkunden, Pässe, Führerscheine, Diplome …

Na also! Die Soma-Laboratories hätten für die Position eines Visioncoordinators niemals einen Nichtgraduierten eingestellt.

Es war übrigens das Octogon, welches Hides Rückkehr in die »bürgerliche Welt« ermöglichte oder – wahrscheinlich – erzwang. Es erwies sich als *die* Glanzleistung der Detektiv-Agentur, die Identität des neuen Hide entschlüsselt zu haben. Hide und seine Partnerin, inzwischen Ehefrau, mussten sich mehreren Gesichtsoperationen unterziehen. Neue Identität und Straffreiheit. Was mochte sich das Octogon davon versprochen haben?

Der Agent musste lächeln, als Rota ihn das fragte. »Lieber Professor Rota, mit Hide hatten die einen perfekten Maulwurf in der Firma, die global führend in der Forschung ist. Und es kostete sie keinen Cent! Hide war erpressbar und konnte jederzeit eingebuchtet werden. Und seine Frau hat panische Angst, ihren gesellschaftlichen Rang zu verlieren. Ich weiß, sie würde alles daransetzen, dass ihre Kinder nichts von ihrer Vergangenheit erfahren. Das galt auch für Hide. Wenn man sich über eine so lange Zeit mit Personen befasst, lernt man sie gut kennen. Hört sich aus meinem Mund seltsam an, ich weiß.«

Die Straffreiheit für Hide und seine Frau wäre Stoff für einen Krimi im Justizmilieu gewesen. Jedenfalls weigerten sich zwei Staatsanwälte so vehement, die »Strafsache Hide und Frau« unter den Tisch fallen zu lassen, dass sie erst Ruhe gaben, als man ihnen von Regierungsseite zusicherte, alle Akten zu vernichten. Um sie kleinzukriegen, hatte man sie zuvor in den einstweiligen Ruhestand versetzt, wobei man durchblicken ließ, dass dies durchaus ohne Bezüge sein könne; eventuell über Jahre …

Rota und der Detektiv hatten beide gelacht über die Aktenvernichtung. Aktion ›Elektronischer Reißwolf‹! Und das sollte man dem Octogon glauben?

HIDES RACHE! Oder HIDES RACHE? Oder HIDE IS DEAD, SO WHAT?

Verfolgungswahn war eine Sache und Blauäugigkeit eine andere.

So holte sich Rota Rat in vielen Gesprächen. Und er fing mit dem Schulpsychologen des Francis-Bacon-Instituts an; jawohl, gegen den er damals solche Vorurteile hatte (»selbst therapiebedürftig«).

Für Corpus – so hieß er – war dies sonnenklar: »Natürlich wird sich dieser Clan an Ihnen rächen. Ein Versagen in einer Abschlussprüfung, in Bezug auf Abitur, Baccalaureat, Maturum, Magister, Staatsexamen, Diplom, Doktor, Habilitation etc., mündet immer – ich betone: immer – in einem Trauma. Auch wenn die Prüfung bei der Wiederholung bestanden wird, bleibt dieser Schock. Auch wenn die Erstversager beruflichen Erfolg haben, den sie überdurchschnittlich aufweisen, kompensieren sie dieses Erstversagen durch Intoleranz, Gehässigkeit, Ellenbogengesinnung und Überreaktionen jeder Art. Also, Rota, seien Sie gewarnt. Dies Verhalten wird nämlich familienspezifisch, das heißt, es überträgt sich auch auf die Kinder.«

Sein Sohn Bernard war derselben Meinung. Er war sogar für Personenschutz, den er auch arrangierte. Es hatte keinen Sinn, ihm etwas auszureden, was er für sinnvoll hielt. Auch wenn es etwas außerhalb der Legalität lag, wie damals mit dem Distanzlügendetektor.

Für seine Tochter Lenina war die Bedrohung kein Thema. Bei der heutigen Flugdichte schmiere sie eher mit einem Condor ab. Wenn es aber schon sein müsse, dann mit dem Rest der Hide-Familie an Bord! Sie sollte sich noch wundern.

Frau Rota konnte nur mit Mühe davon abgebracht werden, das Haus und das Grundstück zu verkaufen, um ganz weit wegzuziehen. Entsprechende Verträge hatte sie bereits aufgesetzt. Da sie aber zur Präsidentin der Interethnik-Konferenz gewählt werden sollte, siegte dann der Ehrgeiz über die Angst.

Rota entschied sich für eine Haltung zwischen Pragmatismus und Fatalismus. Wo und wie könnte man die Familie Rota am effektivsten treffen?

Finanziell? Sie hatten genug. Mehr als genug. Jeder für sich.

Gesellschaftlich? Ruhm und Ehre? Ja, die neue Position für Frau Rota. Diese Wahl konnte man sabotieren.

Sabotieren? Wäre es da nicht viel effektiver, einen der Mach-3-Flights zu eliminieren?

Ab sofort hatte Rota den Dienstplan seiner Tochter im Organizer.

*

Es war Lenina schon ein wenig peinlich, das Abendessen mit ihrem Patenonkel Krapp abzusagen. Nein, es habe nichts mit der Beinahe-Katastrophe zu tun, jedenfalls nicht direkt. Ja, verdammt, es stecke ein Mann dahinter. Nein, verflucht, nach so kurzer Zeit könne man natürlich noch gar nichts sagen. Ja, natürlich sei er vom Fach. Nein, er sei nicht älter. Sicher, er sehe gut aus. Ob er ihn kenne? Ja. Schon lange? Wahrscheinlich nein. Ob er denn mal raten dürfe? Wenn es denn unbedingt sein müsse!

»Ist es Molloy?«

»Treffer. Versenkt. How come?«

»Es gibt sie noch. Die Liebe auf den ersten Blick. Bei der Qualität der heutigen Bildschirme, tja, tja.«

Lenina legte auf, um sofort wieder anzurufen.

»Er stand bereits unter meinem Cockpit.«

»Für den modernen Romeo der Balkonersatz.«

»Bitte kein Wort zu Daddy. Vorerst. Promise?«

»Sure.«

Es waren schöne Wochen. Aber die Dienstpläne störten doch erheblich. Dennoch waren die beiden froh, sich begegnet zu sein. Auch unter solchen Umständen. Die Gefährlichkeit des Berufes konnte man ja nicht verdrängen. Und die Bedrohung der Familie Rota auch nicht.

In ihren Gesprächen spielte dieser ominöse Sabotageakt natürlich immer noch eine Rolle.

»Irgendwie sind wir betriebsblind. Ich sage dir, Lenina, es hat mit der Passagierliste zu tun. Wir rechnen mit einer raffinierten Verschlüsselung. Vielleicht ist das der Denkfehler. Was haben wir denn als Kinder gemacht, wenn wir einen Text verschlüsseln wollten?«

»Wir schrieben das Alphabet nebeneinander und darunter andere Buchstaben.«

»Oder Zahlen.«

Molloy schrieb:

abcdefghijklmnopqrstuvwxyz

123456789

»Passenger Nr. 8 9 4 = h i d, und nur noch ein Joker. – Passenger Hide??«

Nach ein paar Stunden, in denen sie Namen aus dem beruflichen und familiären Umfeld ausprobiert hatten, war ein weiterer Passagier entlarvt: 16 ergab Buchstabe p; 9 ergab Buchstabe i; plus 6 Joker 19 (s) 3 (c) 9 (i) 19 (s) – P i s c i s !

Sohn oder Tochter Hide waren an Bord des Mach-3-Flights; wahrscheinlich die Tochter mit den Kenntnissen ihrer Diplomarbeit. Ging die Rache so weit, dass man das eigene Leben dabei opferte?

Weitere Wochen vergingen. Die Luftfahrtbehörde hatte die Untersuchungen eingestellt, frustriert, wie man von höheren Beamten hören konnte.

Der Fluglotse Molloy und Captain Lenina hatten sich verlobt.

Die Zahl der Mach-3-Flights sollte dann verringert werden. Die beiden saßen beim Italiener.

»Wann ist dein nächster Flug?«

»Übermorgen.«

»Wir haben schon lange keine Muscheln mehr gegessen.«

»Una buona idea.«

Leider war es gerade das nicht. Warum die Symptome mit fast einem Tag Verspätung auftraten, konnte auch ihr Bruder Bernard nicht erklären. Natürlich war sie fluguntauglich. Man fand nur mit Mühe Ersatz.

Es schien Molloy, als mache Lenina ihn verantwortlich, als er sie im Krankenhaus besuchte.

Er hatte mit dem Oberarzt gesprochen, ob man die Patientin mental belasten dürfe. Verschweigen war unmöglich, Verzögern der Information auch keine Lösung.

»Lenina, es ist etwas passiert.«

»Schlimm?«

»Ja.«

»Sehr schlimm?«

»Ja.«

»Mein Vater?«

»Nein. Ein Flugzeugunglück.«

»Ein Mach 3?«

»Ja.«

»Doch nicht etwa *mein* Mach 3?«

50

»Genau der.«

Beide sagten nichts mehr.

Die Luftfahrtbehörde konnte auch diesen Fall nicht aufklären und verbot alle Mach-3-Flights.

Dieses Mal gab es keine Unstimmigkeiten in der Passagierliste.

»Ein Hide war nicht darunter, aber ein Piscis. Es gab einen schönen Nachruf im Nirwana-Clubmagazin.«

»Wenigstens der.«

»Versündige dich nicht, Lenina!«

»Wie könnte ich das als praktizierende Atheistin?«

Nun sei bedankt …

Lenina Rota-Molloy konnte und wollte es nicht glauben. Wenn sie und ihr Mann schon einen gemeinsamen Terminplaner benutzten, warum trug er dann die Termine der Verabredungen mit seiner Geliebten dort ein beziehungsweise warum verschlüsselte er sie so unprofessionell? Warum legte er sie in das Verzeichnis der temporären Dateien, die der löschte, der gerade Zeit hatte? Und warum dann um alles in der Welt mit der Extension .lov? Dümmer ging es doch nicht – oder?

Deshalb hatte er also nie Zeit. Seit die Mach-3- und Mach-4-Flüge eingestellt worden waren – nach dem Mega-Crash vor drei Jahren –, hatte sich das Passagiervolumen notwendigerweise auf die Mach-1- und Mach-2-Flüge verlagert. Mit entsprechender Belastung der Kontrolltürme und Sonderschichten der Fluglotsen.

Eigentlich wollten sie ja ein Jahr Familienpause einlegen. Ein Kind. Dann eben nicht. Dann waren sie eben nur Lebensabschnittspartner für drei Jahre. Das ging ja schnell. Also Scheidung.

Ob sie vorher mal mit ihrem Patenonkel reden sollte?

Was diese Andeutungen in der Mailbox sollten? Sie wolle es persönlich erklären. Treffpunkt? Beim Italiener. Scusi, wo sonst? Nein, nichts Berufliches. Ja, nur sie beide. Bitte Stillschweigen! Auch gegenüber Papa. Um Gottes willen, vor allem gegenüber Papa! Dringend? Ja. Code 222222? Schön wär's – leider 112!

»Lenina, welche technische Ausstattung habt ihr zu Hause?«

»Das Übliche: Telefon, mit Rufumleitung auf Mobilphone, E-Mail, Mailbox, Answering-Machine digital und virtuell, PC mit diversen Schnittstellen, Scanner, Fax.«

»Ausschließlich für den privaten Gebrauch?«

»Vorwiegend. Wir versuchen, Job und Privatleben zu trennen, möglichst auch technisch. Erwiesenermaßen bekommt dies der Psyche besser. Das Büro zu Hause war ja der Fehler der Jahrtausendwende. Das Familienministerium schlug als Erstes Alarm, nicht etwa das Arbeitsministerium.«

»Wieso das?«

»Wegen der explodierenden Ehescheidungszahlen.«

»Apropos Ehescheidung. Was du da in deiner Short Message angedeutet hast, das war nicht dein Ernst – oder?«

»Wenn er mich doch betrügt!«

»Das glaubst du?«

»Das weiß ich.«

»Du hast es schwarz auf weiß?«

»Jein, ich habe es auf der Festplatte.«

»Bitte, Lenina! Dein Mann betrügt dich und dokumentiert das im Computer! Für wie blöd hältst du ihn?«

»Die Daten sind aber vorhanden. Ich kann sie dir ausdrucken.«

»Komplette Dateien?«

»Ja, zwar temporäre, aber Dateien.«

»Du erklärst mir das während des Carpaccio, bitte.«

Auch wenn sie ein 5-Gänge-Menü geordert hätten, wäre Krapp nicht klüger gewesen.

Krapp hatte keine geringeren Kenntnisse auf dem Gebiet der IT als Lenina, eher größere. »Nicht klüger« war so zu verstehen, dass er seiner Lieblingsnichte keine überzeugende Erklärung anbieten konnte. Natürlich war es Unsinn, Molloy einen Seitensprung (sagte man heute noch so?) zu unterstellen. Nein, nicht weil dieser zeitlich keine Gelegenheit gehabt hätte; Molloy war in seine Frau verliebt wie am sprichwörtlichen ersten Tag.

Krapp hatte den Fluglotsenaspiranten nach dessen damaliger Leistung bei Leninas Mach-3-Landungsproblemen zu einem Spezialkurs für Elitelotsen geschickt.

»Lenina, hat deine Fluglinie Zugriff auf euren privaten Computer?«

»Einen eingeschränkten Zugriff.«

»Das heißt?«

»Sie verwenden ein Codewort, auf das ich mit einem zweiten reagieren muss. – Kennst du dich bei Wagner aus?«

»Wagner who?«

»Richard.«

»So einer wie Verdi, Puccini?«

»Nur viel besser.«

»19. Jahrhundert.«

»Auch im 21. Jahrhundert einen Theaterabend wert. Was kennst du also von ihm?«

»Ich bin über die romantischen Opern nicht hinausgekommen, habe folglich keine Beziehung zu den ›Ring‹-Opern oder gar zu ›Tristan‹. Es hatte auch zeitliche Gründe, wenn man etwa bedenkt, dass der erste Akt der ›Götterdämmerung‹ zwei Stunden dauert.«

»Der Bildungsbürger nannte das Litotes.«

»Wie beliebt?«

»Understatement.«

»Prego di tradurmi.«

»Tiefstapelei. Oder ›fishing for compliments‹. Aber ernsthaft, Onkel Krapp: Nenne mir mal die romantischen Opern Wagners.«

»›Holländer‹, ›Tannhäuser‹, ›Lohengrin‹.«

»Kleines Quiz erlaubt?«

»Gern.«

»Welche der drei Opern?«

»›Lohengrin‹.«

»Welcher der drei Akte?«

»Der zweite.«

»Wie würdest du das Ehepaar charakterisieren?«

»Telramund wird von Ortrud manipuliert.«

»Das ging schneller, als ich dachte. Ich wollte dich nämlich die beiden Codewörter erraten lassen. Wenn mein Carrier mir etwas Wichtiges mitteilen will, verwendet er einen der Namen als Zugangscode – ich entschlüssle mit dem anderen die Nachricht.«

»So naiv kann man doch nicht sein! Dann nehmt ihr demnächst ›Tristan und Isolde‹. Schon mal was von Encryption Control Protocol gehört?«

»Natürlich. Und naiv ist es nicht. Nach der Sensibilisierung im letzten Jahrhundert – denke nur an Pretty Good Privacy – verlagerte man hier von Hightech zu Psychowork. Aber meine Fluglinie übermittelt ja auch keine Daten, die die Stabilität des Staates gefährden.«

»Bestenfalls, ich meine schlimmstenfalls, die Stabilität eurer Ehe.«

»Wieso denn das?«

»Jemand hat offensichtlich ein Interesse, Daten zu lancieren, die euch beide auseinanderbringen.«

»Welche Daten?«

»Die temporären.«

»Auf unserer Festplatte.«

»Und wie kommen die dahin?«

»Infrarot. Ganz konservative Technik. Kein Grund, einen höheren technischen Aufwand zu betreiben.«

»Vielleicht doch. Habt ihr Feinde?«

»Gemeinsame?«

»Ja.«

»Eigentlich nicht.«

»Denk mal nach.«

»Fällt mir niemand ein.«

»Von früher. Nicht nur gegen dich und deinen Mann gerichtet.«

»Ehrlich, ich kann mir keine denken.«

»Und dein Vater?«

»Was hätte der damit zu tun? So gutmütig, wie der ist, hatte er niemals Feinde … Gesù bambino! Die Hide-Family!«

»Hast du die völlig verdrängt? Die geben nicht auf. Du solltest mal die Detektivunterlagen nachlesen.«

»Kann ich nicht.«

»Warum nicht?«

»Hat Papa.«

»Dann lass dir von Bernard Kopien geben. – Ach ja, was du wahrscheinlich nicht weißt: Ich bin damals mit deinem Bruder die Originalberichte durchgegangen. Auf seinen Wunsch. Ich habe mich über dieses Vertrauen gefreut, aber ich sage dir ehrlich, seitdem ist mein Leben stressiger geworden. Im Hinterkopf die Sorge um euch, speziell um dich. So ein Wotan/Brünnhilde-Syndrom.«

»So, so. Herr Dr. Litotes-Krapp.«

»Bist du mir gram darum?«

»Ein Hagen-Zitat am Ende der ›Götterdämmerung‹! Hast du diese Tiefstapelei nötig, Onkel Krapp?«

»Suchen wir nicht alle nach Surrogaten für diese verkorkste Welt und sehnen wir uns nicht alle nach den künstlichen Paradiesen? Ich habe unserer Technikhybris stets misstraut.«

Krapp bestellte sich noch einen Pinot Grigio Collio.

»Lenina, was willst du jetzt machen? Willst du mit deinem Mann reden? Mit Molloy? Warum sage ich eigentlich nie Stephen? Ich war ja euer Trauzeuge. Soll ich mit ihm reden?«

»Du?«

»Wer sonst?«

»Eigentlich hätte ich nichts dagegen.«

»Na also.«

»Aber es geht nicht. Er ist auf einem Fortbildungslehrgang.«

»Was will der noch dazulernen?«

»Sagt dir ›Cargolifter‹ etwas?«

»Ja, das ist ein Retro-Luftschiff.«

»Retro was?«

»Eine Zeppelin-Wiederauflage. Aber nicht für Passagiere, sondern für Frachten. Über große Entfernungen. Soll sich wirtschaftlich rechnen.«

»Mein Mann wird dann ein zweiter Graf Zeppelin.«

»Warum so bitter ... ›mein Mann‹?«

»Noch ist er es.«

»Arme Lenina!«

Nach dem Concorde-Absturz hatte es in Europa weitere Bekundungen einer diffusen Weinerlichkeit gegeben, wie dies bereits nach dem Prinzessin-Diana-Unglück zu beobachten war. Die Medien waren Garanten für eine Betroffenheitskultur, die in keinem mathematischen Verhältnis zu den Opfern stand. Deshalb waren die Konstruktion des Airbus 3XX oder eine Weiterentwicklung der 747 kein Gegenstand einer kritischen Hinterfragung. Dann würden eben mehrere Hundert Passagiere gleichzeitig vom Himmel fallen. Gingen denn die jährlichen Verkehrsopfer der Bodentransportsysteme nicht in die Zehntausende? Und was die folgenden Überschallpläne anbetraf, war der Mach-l-Speed der Concorde etwas für das Aviation-Museum. Etwas mehr durfte es schon sein.

Das Challenger-Unglück hatte man damals auch dezent verdrängt. Nur Zyniker sagten: »No risk, no fun.« Der Ingenieur des dritten Jahrtausends bekannte: »No technical revolution, no fun.«

Um von ganz oben nach ganz unten zu wechseln: Das modernste russische Atom-U-Boot »Kursk« war ja wohl nicht gerade ein Beweis für den technischen Fortschritt gewesen. Die Metapher »Rohrkrepierer« hatte eine retrometasprachliche Dimension gewonnen.

Stephen Molloy kam es wie eine Zeitmaschine vor. Wie eine Rückbesinnung vom Elekronisch-Virtuellen auf Fühlbares, Erfahrbares, Handwerkliches.

Professor Rota hatte ihn einmal seinen Ford Mustang fahren lassen (nach einer einstündigen Einweisung und mit dem Schwiegervater als Copilot). Entsprechend war hier die Rücknahme von Mach-Fluggeräten auf Luftschiffdimensionen.

Der Lehrgang dauerte eigentlich drei Wochen mit der Option eines Zehn-Tage-Crashkurses, den Molloy belegte. Lenina hatte ihn ermuntert – so musste er es formulieren –, die volle Tagungszeit auszunützen. Seltsam. Irgendetwas am Verhalten seiner Frau war ihm aufgefallen. Ob er sich mal mit ihrem Patenonkel Krapp treffen sollte, der sich als sein Mentor so für ihn eingesetzt hatte? Molloy fand ihn sehr sympathisch.

Es gab da einen Nachmittag laut Briefing-Timetable, der weniger wichtig erschien: »fuel-cell effectivity«. Da kannte er sich bereits aus.

Ja, Krapp habe Zeit. Später Nachmittag okay. Helikopterflugzeit 40 Minuten? Kein Problem. Es dürfe ein italienisches Restaurant sein, klar. Um Gottes willen kein Wort zu Lenina und selbstredend kein Wort zu Rota!

Es war Molloy gerade recht, dass in seiner Suite das Bildtelefon defekt war. Da musste er Lenina nicht in die Augen sehen. Als ob er das nicht könnte?!

Krapp hatte eigentlich panische Angst davor, Schicksal zu spielen. Im privaten Bereich. Sonst hatte er das, beruflich bedingt, schon öfter gemacht beziehungsweise machen müssen. Er hatte einmal einen flügellahmen Jumbo sicher herunternavigiert, indem er einen City-Hopper mit 24 Insassen »opferte«. Opferte – dem Gott des Fortschritts. Die Sprache im 21. Jahrhundert war noch sehr archaisch. (»Flügellahm« übrigens als Metapher für einen Riss in der rechten Tragfläche.)

Sollte er Stephen Molloy die Wahrheit sagen? Die Wahrheit, wie Lenina sie sah? Da er von beiden offensichtlich als Vertrauensperson geschätzt wurde, war seine Mission desto schwieriger. So spielte Krapp die technischen Informationen (Extension .lov) zum Skurril-Anekdotischen herunter. Als habe Lenina ihm das als neurotische Vorstellungen einer jungen Ehefrau gebeichtet.

Molloy ließ sich das Treffen mit Lenina von Krapp genau schildern.

»Und welchen Eindruck hast du? Traut sie mir wirklich zu, dass ich sie betrüge?«

»Eigentlich nein.«

»Meinst *du* eigentlich nein oder meint *sie* eigentlich nein?«

»Beide.«

»Und die Ausrede mit der Hide-Family?«

»Wenn es denn eine Ausrede ist.«

»Das ist doch Verfolgungswahn!«

»Vielleicht.«

An diesem Abend gab es nur Unzufriedene, wenn nicht gar Unglückliche. Krapp hatte Leninas Zustimmung, mit Molloy zu reden. Aber sie durfte nicht wissen, dass Molloy um ein Treffen gebeten und dass dieses bereits stattgefunden hatte.

Molloy konnte seiner Frau beim abendlichen Anruf doch nicht sagen, dass die temporären Dateien Humbug seien – woher wusste er denn von ihnen? Und wartete

Lenina nicht darauf, von Uncle Krapp zu erfahren, dass er demnächst, sofort nach dem Lehrgang, mit Molloy sprechen werde?

Dass Susan O. Hide im selben Hotel untergebracht war wie der Cargolifter-Lehrgang, war ein Zufall. Wobei zu definieren wäre, was »Zufall« ist.

Eine beliebige Zahlenfolge, also eine zufällige, lässt sich generieren, indem man etwa die Kommastellen der Zahl Pi aufreiht.

Casinobesucher, die sich ernsthaft mit Spieltheorie befasst haben, erleiden zumindest geringere Verluste.

»Curved all in the right places.« Diese Formulierung hatte Molloy gefallen, als er sie in einem der Sex-and-Crime-Romane fand, die er als Schlummerlektüre in Massen konsumierte.

Schwarze Haare, blaue Augen. Eine aparte und eher seltene Kombination.

Das Hotel gehörte zur Kategorie Tagungshotel und Molloy nahm an, dass die Schwarzhaarige, die äußerst dekorativ auf dem Barhocker saß, zu den Teilnehmern des Kongresses »Innovation und Redundanz« gehörte.

Ihr gutes Aussehen hatte Susan O. Hide fast immer nur Nachteile gebracht: Irgendwie zog sie die falsche Art von Männern an. Vergangene Woche hatte sie eine mehrjährige Verbindung gelöst und sie hätte auf jeden Fall im Hotel gewohnt, mit oder ohne Tagung. Es war typisch, dass sie aus der gemeinsamen Wohnung auszog.

Vielleicht sollte sie es mal mit einer Single-Existenz

probieren, zumindest auf Zeit. Sie hatte schon einen Friseurtermin. Die langen Haare auf unattraktive Mittellänge kürzen. Schwarz-Glänzend auf Dunkelblond-Matt färben.

Kein Make-up mehr. Fingernägel Natur.

Und sie würde sich dann im Barspiegel nicht wiedererkennen.

Heute jedoch noch … der Termin war ja erst in vier Tagen.

Stephen Molloy empfand die Dauer des Crashkurses als unangemessen, um es neutral auszudrücken. Was hätten erst die vollen drei Wochen bringen sollen? Wer hier teilnahm, brauchte doch die Vermittlung der Grundkenntnisse Wetter, Navigation, Thermik, Materialkunde, Logistik, Problemmanagement etc. nicht mehr. Das Schulungskonzept schien von völlig falschen Voraussetzungen auszugehen. Oder wollte man auf Nummer sicher gehen? Vielleicht war dies verständlich bei den Pannen der vergangenen Jahre.

Bisher hatte Molloy auf Fortbildungstagungen folgende Erfahrungen gemacht: Ein effektiver Kurs zeichnete sich dadurch aus, dass die Teilnehmer während der Vortrags-, Demonstrations- und Simulationsphasen äußerst aufmerksam waren, stets selbst bemüht, Ergebnisse festzuhalten, um sich nicht auf bereitgestelltes Material verlassen zu müssen.

Weitaus signifikanter für den Erfolg jedoch war das Verhalten der Teilnehmer nach Ende des Tagesprogramms. Gingen sie auf ihre Zimmer, um spätabends vielleicht noch einen Drink in der Bar zu nehmen? Oder fuhren sie gleich in die Stadt? Oder traf man bereits nach kurzer Zeit (Duschen, Umziehen) im Hotelfoyer auf Teilnehmer, die diskutierten?

Es war nichts mit Diskussionen im Foyer. Also taugten weder der Cargolifter-Lehrgang noch der Kurs »Innovation und Redundanz« etwas? Deshalb also saß Molloy in der Bar? Und die Schwarzhaarige? Schwarze Haare und blaue Augen – von den blauen Augen war Molloy noch genau 45 Minuten entfernt.

Eigentlich tat es ja weh, wenn ihm die eigene Frau ohne jeglichen Grund einen Seitensprung zutraute. Mit wem denn? Und warum?

Ohne jeglichen Grund? Die temporären Dateien waren so etwas wie ein anonymer Brief.

Vielleicht sollte, nein müsste man eine Neubewertung der Kommunikationsformen vornehmen. Was war eine originäre Information, was eine falsche, was eine abgeänderte, was eine erfundene?

Bei Bildfälschungen im vorigen Jahrhundert sprach man von Retuschieren, bevor die Pixelbearbeitung am Monitor aufkam. Der verkorkste Segel- und Badeurlaub ergab nach einer gewissen Überarbeitungszeit doch eine Videosequenz, mit der man die Nachbarn ärgern konnte. Und eine Festplatte ließ sich einfach manipulieren, zumal bei einem Internet/Earthlink-Zugang. Da halfen Encryption Control Protocol und Firewalls wenig. Aber das wusste Susan doch auch – oder? Infrarot- und Bluetooth-Technik. Völlig ausreichend für die private Kommunikation. Es war schließlich keine Standleitung zum Octogon. Was sich Lenina zusammenreimte, war ja krankhaft!

Was wäre eigentlich, wenn …?

Tagungshotel. Da seltsamerweise alle Einzelzimmer ausgebucht waren, hatte er ein Doppelzimmer bekommen. Mit einem französischen Bett. Wie sinnig!

Und wenn er sich schon bei dummen Gedanken ertappte: Seit das Aids-Virus besiegt war, konnte man wieder richtig Spaß haben bei einem One-Night-Stand. Wow! Herzliche Grüße vom Unterbewusstsein! Drei Jahre Sex immer mit derselben Frau. Er war doch nicht blöd.

Andererseits sollte man auch nicht albern sein, nur wegen eines Missverständnisses. Wieso eigentlich Missverständnis? Extension .lov. Wer hält uns (jawohl: uns, Lenina und mich) für so naiv, dass wir diese Manipulation nicht erkennen, sie nicht als das interpretieren, was sie ist, nämlich ein böser Scherz? Aber ein so töricht ausgeführter Scherz, dass wir uns für clever halten dürfen. Und damit den/die anderen für dumm deklarieren! Und sie damit unterschätzen!

Molloy trank seinen doppelten Whiskey aus.

Sollte Lenina mit der Hide-Family richtig liegen?

Mein Gott, wer war hier derjenige mit Verfolgungswahn? Hatte er Leninas Beinahe-Crash und den folgenden Mega-Crash vergessen oder »nur« verdrängt?

Molloy hatte plötzlich ein äußerst ungutes Gefühl. Er signalisierte dem Barkeeper, er käme gleich wieder zurück.

Beim Einchecken hatte er an der Rezeption mit einer Rothaarigen (mit grünen Augen – eine wohl nicht so seltene Kombination) geschäkert. Ein bisschen Playboy/ Edelmacho konnte nie schaden. Welch schöner Zufall, dass sie Nachtdienst hatte. Ein Blick in die Gästeliste – nach einem langen Blick in grüne Augen – war kein Problem. Er durfte ihr über die Schultern sehen – bitte geradeaus auf den Monitor, nicht etwa in das reizvolle Dekolleté. Was war denn los mit ihm?

Hid, Clara.

Hide, Susan O.

Hide, William T. Dr. [storniert]

Molloy bekam einen Schweißausbruch. Hatte ihn Lenina nicht mehrfach gebeten, mit ihrem Bruder Bernard den damaligen Psycho-Event (Hides Tod) durchzusprechen? Und war er als Techniker (Homo faber) nicht zu überheblich, das immer wieder zu verschieben?

Wie war Frau Hides Vorname? Wie hießen die Kinder? Die Tochter hieß Susan, daran erinnerte er sich.

Die Grünäugige versicherte ihm, William Hide sei *nicht* der Ehemann von Susan Hide. Er habe ein Einzelzimmer storniert.

Ob sie Susan Hide beschreiben könne? Sicher. Schwarzhaarig mit blauen Augen. Diese wohl seltene Kombination sei ihr aufgefallen. Toll gebaut. Wirklich toll. Fast so gut wie sie selbst.

Ein Scherz? Molloy kam es vor, als wolle die Rothaarige eine Gegenleistung für die kleine Datenschutzverletzung. Oder sah er Helena in jedem Weibe?

Drei Jahre lang war nichts passiert. Lenina hatte ihren Vater regelmäßig ausgefragt. So gutmütig, wie der war, hätte der womöglich subtilere Angriffe übersehen. Und jetzt sollte gegen ihn, den Schwiegersohn, etwas geplant sein? Nur weil jemand Susan Hide hieß und zufällig (?) im selben Hotel übernachtete …

Bevor er sich verrückt machte: Bernard Rotas Mail-Adresse durch Earthnet-Crawler suchen lassen (Anfrage/top secret/maximum encryption/urgent/short message to cell phone/clear text).

Lieber Bernard, wie heißen die Hide-Kinder? Erklärung später. In Eile. Gruß. Stephen.

Es musste schnell gehen, deshalb das kleine Risiko der Klartextübermittlung auf das Mobilphone.

Das Hotelzimmer war natürlich büromäßig ausgerüstet. Eine Sache von drei Minuten. Und jetzt nichts wie zurück in die Bar!

Sie war noch da.

Zehn Minuten. Wo blieb Bernards Antwort?

Die Schwarzhaarige unterhielt sich mit dem Barkeeper. Anscheinend ganz angeregt. Gut so.

Das Cellphone-Display wechselte die Farbe.

– *Susan O. Hid M.Sc.*

– *Dr. William T. Hide*

Bitte, was?!

Das Cellphone-Display flackerte.

– *message error – repeat message error –*

– *correction Hide [not Hid]*

Warum saß sie eigentlich in der Bar? Das passte doch nicht zu den Single-Plänen.

Vorgesehen war ein Abendessen mit ihrem Bruder. Sie war jedoch froh, dass William die Verabredung abgesagt hatte. Ein Abend mit diesem Neurotiker hätte ihr in ihrer privaten Situation gerade noch gefehlt! Sie hatte sogar an der Rezeption überprüft, ob er tatsächlich storniert hatte.

Irrtümlicherweise hatte sie geglaubt, er habe den Tod des Vaters überwunden. Nach drei Jahren. Aber ein Fanatiker wie er, der einen Mach-3-Flug sabotierte, noch dazu den falschen, und dabei von Sippenhaft faselte, gab wohl nie auf.

Sie würde nie vergessen, wie William auf den Absturz reagiert hatte: »So macht man das, liebe Schwester. Nicht Rota töten, sondern erst das Töchterchen. Und dann das Söhnlein.« Dabei schaute er so wirr drein wie Vater zuweilen. Sie hatte manchmal richtig Angst.

William T. Hide hatte nur jahrelang seinen Rachefeldzug unterbrochen, weil er viel Zeit und Geld darauf verwenden musste, die Spuren zu verwischen, die zu den Saboteuren führten. Zwei Freunde aus der Studienzeit, die sich in Cyberspace bestens auskannten, eine eigene Software-Firma besaßen und ihm eines Tages angeboten hatten, aus Spaß (jawohl, Spaß!) den Jumbo runterzuholen, kamen dann auf den eigentlich naheliegenden Gedanken, ihn zu erpressen. Da wurde William T. Hide böse. Richtig böse. Die Software-Firma brauchte dann zwei neue Chefs …

Susan hätte sich gewünscht, ihr Bruder würde ihr seine Untaten nicht beichten. Im Falle des Jumboabsturzes jedoch hätte sie gern von der Absicht gewusst. Vielleicht wäre es nicht zum Unfall gekommen. Sie hatte einen Bekannten in der Flugsicherung. Dann waren da noch die Andeutungen, man müsse wieder an die Gerechtigkeit denken und vor der seien drei Jahre wie ein Tag.

Stephen Molloy wusste, er musste an die Frau ran. Wie bewerkstelligt man ein dezentes Anbaggern? (Contradictio in adiecto – sein Deutschlehrer hätte sich gefreut; übrigens ein guter Mann.)

Vielleicht über den Barkeeper?

»Warum ist es hier so leer? Was meinen Lehrgang anbetrifft, so weiß ich, warum. Die sind alle downtown. Es gibt ja nichts nachzuarbeiten oder vorzubereiten. Das Konzept stimmt nicht. Eigentlich schade.«

Habe er auch schon gehört. Die Teilnehmer kämen dann später in die Bar. Die Nacht würde kürzer und deshalb der folgende Morgen, sage er mal, weniger effektiv. Äußerung des Barkeepers. Barkeeper des Tagungshotels. War ja sein Arbeitgeber.

»Glauben Sie denn, bei meinem Fortbildungskurs sei es anders?«

Die Schwarzhaarige!! Jetzt aber ganz vorsichtig!

»Ihr Tagungsthema ›Innovation und Redundanz‹ hört sich aber interessant an.«

»Habe ich auch geglaubt. Zumal ich mir eine Beziehung zu meiner Diplomarbeit versprach.«

»Und die hieß?«

»Wellentheorie – Innovation, Substitution, Manipulation.«

»Und was läuft falsch?«

»Das Kursthema war falsch formuliert. Es fühlten sich Teilnehmer angesprochen, deren Fachgebiete zu disparat waren. Nichts gegen Grenzüberschreitungen, aber man muss hier segmentieren. Ein derartiges Thema bedeutete einen Halbjahreskongress.«

»So sitzen wir frustriert hier und klagen: Weh, nun ist all unser Glück dahin.«

»Ganz so frustriert nun auch wieder nicht. Sie sind nicht gerade ein Verdi-Fan – oder?«

»Da komme ich jetzt nicht mit.«

»Sie zitieren, ohne zu wissen, woraus?«

»Habe ich das?«

»Ja.«

»Mit dem Glück?«

»Genau.«

»Aus ›Faust‹ war es nicht.«

»Vergessen Sie Goethe. Zweitrangig.«

»Warum?«

»Es fehlt die zweite Ebene.«

»Nach der Sprache?«

»Ja, die Musik.«

»Deshalb die Frage mit Verdi?«

»Vergessen Sie Verdi. Zweitrangig.«

»Na ja, wenn man Wagner kennt.«

»Kennen Sie ihn?«

»Ein wenig. Nur die romantischen Opern.«

Susan O. Hide schien zu überlegen. Schließlich sagte sie: »Wissen Sie, welche Vornamen ich habe?«

»Nein.«

»Susan O Punkt.«

»Wofür steht das O?«

»Ortrud.«

»Natürlich, das Zitat war aus ›Lohengrin‹. Übrigens, nicht allzu freundlich von Ihren Eltern.«

»Es war mein Vater. Meine Mutter wollte Elsa.«

»Solange es nicht Floßhilde ist.«

»Oder Wellgunde.«

»Oder Woglinde.«

»So, so. Nur die romantischen Opern.«

»Ein bisschen Es-Dur darf es schon sein.«

Inzwischen waren doch einige Barbesucher gekommen. Auf dem Hocker links von Molloy bestellte ein Gast eine Bloody Mary. Das war doch die Stimme von Bernard Rota!

»Verzeihen Sie, haben Sie vielleicht Feuer?«

Wie bitte? Der wusste doch, dass er nicht rauchte! Wieso siezte der ihn? Und überhaupt, was tat der hier?! Sie beide kannten sich also nicht?

»Tut mir leid, ich bin bekennender Nichtraucher.«

Als ihm Susan Hide Feuer gegeben hatte, nahm Rota sein Glas und setzte sich an einen Zweiertisch mit dem Rücken zu Molloy. Hier stimmte etwas nicht. Aber was?

Es sollte noch besser kommen, das heißt schlimmer.

Molloy hatte in den drei Jahren seiner Ehe von Lenina einiges über Richard Wagner gelernt. Weniger, dass sie in die Oper gingen, was zeitliche Gründe hatte. Professor Rota besaß eine umfassende CD-Sammlung. Ein Physikerkollege hatte tatsächlich noch eine funktionstüchtige Abspielanlage aufgetrieben. Lenina hatte sich vieles auf DVD kopiert und Fotokopien der Klavierauszüge gemacht. Von der »Götterdämmerung« besaß Rota sogar eine Dirigierpartitur.

Etwas nervös versuchte Molloy, das Gespräch mit Susan Hide fortzusetzen. Die schien sich gut auszukennen. Nur ein richtiger Wagnerianer konnte auf folgende Fangfragen entsprechend reagieren:

»Wie geht das Wotan-Motiv im ›Ring‹?«

»Es gibt keines; siehe Walhall-Motiv.«

»Was verstand Wagner unter ›Leitmotiv‹?«

»Der Ausdruck stammt von Wolzogen. Wagner verwendete ›Tonfigur‹.«

Molloy gratulierte zum bestandenen Test. Seine Gesprächspartnerin lächelte und mit ihren blauen Augen strahlte sie ihn an – um dann zuerst ungläubig zu blicken und dann ziemlich angstvoll.

Ein eher kleiner Mann hatte die Bar betreten, orientierte sich kurz, kam auf Susan Hide zu und küsste sie auf die Wange.

»Du hier? Du hattest doch storniert!«

»Die Geschäfte gehen schlecht, deshalb habe ich Zeit.« Eine unsympathische Stimme.

»Darf ich Ihnen meinen Bruder vorstellen? Dr. William Hide. William T. Hide.«

»T Punkt?«

»Ja.«

»Telramund.«

»Natürlich.«

»Auch die Idee des Vaters?«

Susan Hide nickte. »Wenn es um die Ehre ging, war mein Vater empfindlich.«

William Hide: »So gehört sich das auch.«

Molloy: »Es gibt ja heute kein Gottesgericht mehr.«

»Da wäre ich nicht so sicher«, bemerkte William Hide.

Bernard Rota schaute unauffällig herüber.

Susan Hide war es offensichtlich nicht nur peinlich. Sie schien Angst zu haben. Anders konnte man es nicht nennen. Aber warum?

Sie fragte: »Darf ich euch beide zu einem Glas Sekt einladen?«

Ihr Bruder: »Für mich einen Kir Royal, auch wenn es teurer wird.«

Molloy: »Dann nehme ich auch einen.«

Molloy konnte nicht wissen, wie entscheidend seine Getränkewahl sein würde.

»Dann setzen wir uns lieber an einen Tisch.«

Der Tisch neben Bernard Rota war frei.

Dr. Hide signalisierte dem Barkeeper, er würde das Tablett selbst holen.

Als Hide zur Theke ging, stand Rota bereits dort und orderte eine weitere Bloody Mary.

Als Hide das Tablett auf dem Tisch abgesetzt hatte und gerade die Gläser verteilen wollte, kippte ihm Rota scheinbar ungeschickt die rote Flüssigkeit über das Jackett.

Wie erhofft stürzte sich Hide auf ihn. Susan Hide, die ihren jähzornigen Bruder kannte, warf sich dazwischen, wie man dieses Klischee wohl nennt.

Molloy war unschlüssig, ob er eingreifen sollte.

Während ein taumelnder Rota sich mit einer Hand auf dem Tisch abzustützen schien, vertauschte er mit der anderen die Kir-Royal-Gläser.

Der Barkeeper war herbeigeeilt und versuchte Hide mit dem Hinweis auf den Express-Reinigungsservice des Hotels zu besänftigen.

Als Rota anbot, ein neues Jackett zu bezahlen und die Rechnung für die Getränke zu übernehmen, beruhigte sich Hide.

Man bestellte einen weiteren Kir Royal für Rota und prostete einander zu.

Nach dem zweiten Schluck schaute Hide ungläubig auf sein Glas, dann auf Rota. Plötzlich ließ er das Glas fallen, das noch halb voll war. Er fiel seitlich vom Stuhl.

Bernard Rota sagte etwas von Herzinfarkt und griff zum Cellphone.

Als der Notarzt eintraf, war William T. Hide bereits tot.

Zwei Stunden später fand Molloy folgende professionell chiffrierte E-Mail vor:

Lieber Stephen, hoffentlich hattest Du nicht zu viel Ärger mit der Polizei. Du hättest auf Lenina hören und Dich von mir über Hides Tod aufklären lassen sollen. Dann hättest Du den heutigen Abend bereits verstanden. Ich habe Dir das Leben gerettet, wie damals meinem Vater. Zwei vertauschte Gläser. Für mich ein unglaubliches Déjà-vu-Erlebnis.

Über die temporären Dateien werde ich meine Schwester aufklären; es war ein teuflischer Trick. Woher ich die Informationen habe? Zufall!!! Cyberspace im Quadrat!

Ihr habt Euch über »Lohengrin« unterhalten. Ich erwarte ein passendes Zitat an meine Safe-Web-Box. Herzlichst, Dein Bernard

P.S. Grüße von Susan O. Hide [Wir beide müssen uns eine gewisse Zeit bedeckt halten]

Stephen Molloy mailte:
Nun sei bedankt, mein lieber Bernard.

Leuchtende Liebe – lachender Tod

Es war und blieb ein Rattenloch, wenn auch nach Allerheiligen einige Blumensträuße und Gestecke an einem großen Stein des anonymen Urnenfeldes Nummer 48 abgelegt waren. Auf dem mittleren von drei Steinkreuzen stand: *Christus ist auferstanden.*

Fast so pathetisch wie die Inschrift über dem Krematoriumsportal: *Hinauf zum Licht.*

Auf dem Dach gab es Gebilde wie Flammenschalen, wie sie bei Olympischen Spielen verwendet wurden, bevor man diese Volksbelustigungen eingestellt hatte, nachdem alle Zuschauer aus einem Stadion verschwunden waren. Wortwörtlich spurlos – alle 95 000.

Und keiner sprach von einem Terrorakt. Das Stadion war einfach leer: Zuschauer und die Athleten im Innenraum fehlten. Jawohl: fehlten. Wie anders sollte man es nennen?

Sie waren nicht mehr präsent. Wo also waren sie?

Bei einem Transkontinentalflug waren Professor Rota und seine Frau wegen Überbuchung der Economyclass (»Holzklasse«, wie man sie nannte; wer wusste schon, dass es eine Anspielung auf die Holzbänke der vierten Eisenbahnklasse des 19./20. Jahrhunderts war?) in die erste Klasse umgebucht worden (»We have upgraded you«).

Sekt aus Gläsern statt Orangensaft aus Pappbechern. 4-Gänge-Mahlzeit mit Hochglanz-Menü statt Plastiktablett.

Die erste Klasse hatte jedoch den gravierenden Nachteil, dass die mit etwa 1000 km/h am Rumpf vorbeiströmende Luft wegen der Bugnähe einen hohen Lärmpegel erzeugte.

Für Jumbopiloten war die Technik der Schallkompensation längst Standard. Das Noiseguard-Prinzip wandelte mit analoger Elektronik störende Frequenzen durch Phasenumkehr in Gegenschall. Vereinzelt findet man einen derartigen Schallschlucker (etwa den PXC 250 von Sennheiser / Impedanz von 300 Ohm) noch in Technikmuseen.

Wenn man Schallwellen neutralisieren konnte, ging das dann eventuell auch mit Materie? Würde dies das Stadion-Phänomen lösen?

Warum gab es damals eigentlich keinen parlamentarischen Untersuchungsausschuss? Will heißen, wer hatte ein Interesse, eine Untersuchung zu sabotieren?

Exakt 15 Monate nach dem Tod seiner Frau würde Rota es wissen. Ihr Todestag war Mariä Himmelfahrt gewesen. Schon damals eine makabre Bezeichnung. Sie sollte noch makabrer werden.

Rota war von Haus aus kein Naturwissenschaftler, was nicht hieß, dass er nicht doch erhebliche Kenntnisse besaß. Aber für den Themenkomplex »Bose-Einstein-Kondensat und Mott-Isolator-Zustand« wollte er lieber fachlichen Rat einholen. Vielleicht bei Stephen Molloy?

Nur Lenina hatte ihren Vater in der Frage der anonymen Urnenbeisetzung bestärkt. Für Bernard war der Wunsch seiner Mutter absurd und das Verhalten seines Vaters unverständlich.

Frau Rota hatte darauf bestanden, herkömmliches

Briefpapier zu verwenden (man bekam es noch in History-Läden).

»Wenn du das nächste Mal downtown bist, schau doch bitte bei ›Eternity‹ vorbei. Die sollen dir ein dezentes Logo auf DVD pressen. Ich möchte Bernard nicht wehtun; er wird die Todesanzeige ja doch ins Web stellen wollen.«

»… leuchtende Liebe, lachender Tod!«
(Richard Wagner, Ende »Siegfried«)

DR. JUR. ERIKA MARIA ELISABETH ROTA

verabschiedet sich von ihren Freunden, Bekannten,
Verwandten und Geschäftspartnern.

Sie dankt ihrem Mann für fast drei Jahrzehnte einer
glücklichen und harmonischen Beziehung und ihren
Kindern für deren Zuneigung und Liebe.

Obwohl Rota in all den Jahren und natürlich besonders in den letzten Monaten bei den medizinischen Besprechungen anwesend war, ertappte er sich dabei, dass er es nicht wahrhaben wollte. Den bevorstehenden Tod seiner Frau.

»Ich habe keine Angst vor dem Tod«, hatte sie einmal gesagt. »Nur Angst vor dem Sterben.«

Rota hatte seiner Frau zugesichert, sie zu Hause sterben zu lassen. Was er da versprochen hatte, konnte er zweieinhalb Monate später bewerten. So lange nämlich dauerte der eigentliche Sterbeprozess. Und hätte es Schwester

Ellen nicht gegeben, hätte er die letzten Tage nicht geschafft. Eigentlich war es leichtsinnig von ihm gewesen, die Diakonie nicht schon Wochen vorher zu bemühen.

»Du machst das schon«, hatte seine Frau argumentiert. »Was habe ich von einer Schwester oder einem Pfleger, der morgens um neun kommt, wenn ich ihn nachmittags um drei brauche?«

Es war der Beweis ihres völligen Vertrauens in ihn. Sie hatte sich ein Leben lang auf ihn verlassen – und verlassen können. Aber es kostete Kraft, unsägliche Kraft.

An die Grenzen seiner Kräfte war er einmal gestoßen, als er während des ersten Aktes der »Walküre« den Theaterarzt bemühen musste. Blutdruck 170 zu 110 gab Rota doch zu denken. Seine Frau war schon einige Jahre im Ruhestand und mochte seine berufliche Belastung wohl nicht mehr realistisch einschätzen (?).

»Eternity« hatte eine noble Dépendance im Stadtzentrum. Rota wollte sich wegen des Logos vorinformieren und loggte sich per Bluetooth ins Netz ein.

Warum kam er denn nicht auf deren Website? Diese moderne Drahtlosigkeit hatte immer mehr zu Interferenzen geführt. So störend waren ordentlich verlegte Kabelstränge doch nun auch wieder nicht. Hatte er sich vertippt? Gut, dann eben Suchmaschine. Hieß nun zwar anders, war aber de facto das gute alte »Google«.

Es gab die Homepage nicht mehr! Bevor er die E-Mail-Adresse heraussuchte, fuhr er lieber gleich downtown.

Auf dem weiträumigen Parkplatz standen mehrere Pick-ups und zwei Retro-Sportwagen. Die Letzteren mit jeweils einer Kralle an einem Vorderrad.

Rota wäre beinahe gegen die Glasschiebetür gerannt,

da er gewohnt war, dass sie sich automatisch öffnete. Das Hologramm mit den Bürozeiten fehlte.

Das Unternehmen war auf die Ehefrau eingetragen. Vor sechs Jahren hatten sie sich in deren Privatbungalow verabredet, um die Bestattungsformalitäten zu regeln. Die Telefonnummer könnte noch in seinem Personal Assistant sein. Silvia Moriturus. Ach was, Morus. Der andere Nachname wäre zu makaber gewesen. Wie hieß das im letzten Jahrhundert? »Kein Anschluss unter dieser Nummer.« Sie hatte doch eine Vanity-Nummer; wollte sie diese nicht beibehalten beziehungsweise mitnehmen?

Das konnte nur heißen, das Beerdigungsinstitut gab es nicht mehr! Was bedeutete, dass die Prozedur bei einem anderen Institut wiederholt werden musste. Er hätte es seiner Frau gern erspart, denn auch das Regeln einer Discount-Beisetzung dauerte etwa eineinhalb Stunden. Wäre man denn nicht verpflichtet gewesen, ihn zu informieren, zumal ein Sperrkonto eingerichtet war, falls ihnen beiden gleichzeitig etwas zustieße?

Rota rief einen Kollegen an, von dem er wusste, dass er Mitglied im Nirwana-Club war, dem sozialen Schickimicki-Brennpunkt der Region.

»Sancta simplicitas, Rota, wo lebst du? Morus sitzt im Gefängnis. Seine Frau musste Insolvenz beantragen, weil er Gelder für sein Fliegerhobby abgezogen hatte. Er soll sogar an Sperrkonten für Vorauszahlungen gegangen sein. – Ach, noch etwas: Seine Frau lässt sich scheiden. Sie hat ihn beim Liegen im Flieger erwischt.«

»Beim Liegen?«

»Genauer: beim Lieben im Flieger.«

»Hör auf zu blödeln.«

»Sie hat ihn im Gepäckraum eines Cityjets erwischt. Nicht mit der sprichwörtlichen besten Freundin, aber immerhin mit einer guten Bekannten. Mit einer lustigen Witwe. Du kennst sie; auf jeden Fall kanntest du ihren Mann.«

»In den letzten Jahren war ich auf vielen Beerdigungen.«

»Auf dieser warst du nicht, weil es nämlich keine gab. Zu einer Bestattung gehört doch wohl eine Leiche.«

»Und warum hatte man keine?«

»Weil von dem Jumbo nicht allzu viel übrig blieb.«

»Mein Gott, dann war es Piscis.«

»Genau der. Ich erinnere mich, wie du mir damals den Vorfall mit deiner Tochter Lenina geschildert hast. – Fliegt sie eigentlich noch?«

»Ja.«

»Kompliment. So eine Powerfrau hätte ich auch gern als Tochter. Was macht meine? Besteht sogar die Aufnahmeprüfung an der Musikhochschule.«

»Was meinst du mit ›sogar‹?«

»Nun ja, meine Frau hilft in der Philharmonie aus, falls ein Cello ausfällt.«

»Und du?«

»Wir haben da ein Projekt ›Musik im Klinikum‹. Ich bin die Klavierbegleitung. Was ein Chirurg mit seinen Händen eben sonst noch macht.«

»Und was macht dann deine Tochter falsch?«

»Ich möchte nicht, dass sie eine brotlose Kunst ausübt. – Ich habe übrigens eine Assoziation. Piscis war Ehrenmitglied. Nach dem Jumboabsturz gab es ja diesen Nachruf in unserem Nirwana-Magazin. Boy, welch Lichtgestalt! Tja, und als dann der Kassenwart, genauer gesagt, die Buchprüfer herausgefunden hatten, dass Piscis und Morus finanziell verbandelt waren, will sagen, den Club monetär angezapft hatten, wollte man sogar posthum die Ehrenmitgliedschaft aberkennen. Wenn da nicht die Sache mit der Stiftung gewesen wäre.«

»Welcher Stiftung?«

»Zur Förderung der Kultur.«

»Was muss man sich darunter vorstellen?«

»Ich nehme an, dass sich nur Morus bedient hat. Piscis hatte das gar nicht nötig. Und nun setz dich, sonst wirft es dich um.«

Rota wollte das ohnehin, denn bei der Erinnerung an damals mochte einem schon schwindlig werden.

»Ich sitze; bitte schieß los!«

»Mit dem Arbeitstitel ›Zur Förderung der Kultur‹ hatte Piscis Folgendes gemeint: Jeder Bereich der Kunst, nämlich Bildende Kunst, Musik und Literatur, erhält eine Million Euro. Jeweils! Das heißt: Piscis hinterließ drei Millionen Euro für die Förderung von jungen Künstlern dieser drei Sparten.«

»Und seine Frau unternahm nichts gegen das Testament?«

»Ich habe mich unklar ausgedrückt. Es schien nur so, als habe Piscis diese Summe hinterlassen. Dabei war es ein Zufall, dass er knapp eine Woche nach Gründung dieser Stiftung bei dem Flugzeugunglück ums Leben kam. Die Stiftung wurde zu seinen Lebzeiten eingerichtet. Die Summe mag erstaunen. Na ja, unser Club hat schon so seine Seilschaften, sage ich mal. Ich zumindest passe auf, dass ich mir die Hände nicht schmutzig mache. Das tue ich beruflich genug. Was glaubst du, was ich als Chef der Chirurgie alles erlebe?! Ich meine das jetzt nicht nur medizinisch.«

»Glaubst du, dass Piscis etwas geahnt hat?«

»Mit seiner Frau und Morus? Ich nehme es an. Frau Piscis kam der Tod ihres Mannes gerade recht. Du hättest sie bei der Trauerfeier erleben sollen!«

»Ich dachte, es gab keine.«

»Keine Beerdigung. Wir vom Nirwana-Club haben uns im Vorstand nach langen Diskussionen für eine interne Feier entschieden, zu der wir natürlich Frau Piscis einluden. – Sie kam nicht allein.«

»Doch nicht etwa mit Morus?«

»Das nicht; aber mit Frau Morus.«

»Und inwiefern hätte ich sie erleben sollen?«

»Weil der Auftritt bühnenreif war. Gestützt durch ihre Bekannte, mimte sie die trauernde Witwe. Sie musste schon deshalb gestützt werden, weil sie sonst auf ihren Pfennigabsätzen die Balance verloren hätte. Von meiner Großmutter weiß ich, dass es in den Siebzigern des 20. Jahrhunderts schon einmal die Kombination Pfennigabsätze und Minirock gab. Die Piscis zeigte teuflisch gut geformte Beine. Aber es war doch eine Trauerfeier, oder? Damit man die garantiert nicht verweinten Augen nicht sah, trug sie nicht etwa eine Sonnenbrille, sondern einen Hut mit blickdichtem Schleier. Ich wusste gar nicht, dass es neben der Autobranche auch in der Modebranche eine Retro-Bewegung gab.«

»Du magst die Piscis nicht besonders?«

»Als Mann bin ich bei gut aussehenden Frauen eher nachsichtig. Ihr Gatte jedoch war ein Charakterlump.«

»De mortuis nil nisi bene.«

»Manche Sprichwörter haben einen zu naiven, um nicht zu sagen, falschen Weltzugriff. Piscis hatte statt eines Rückgrats eine äußerst biegsame Fischgräte, was bei seinem Namen ja nicht verwunderlich war. – So, mein Lieber, mehr Informationen habe ich nicht. Du weißt, falls du einmal Mitglied werden willst, meine Protektion und Referenzen hast du. Gruß an deine Frau und tschüss!«

Rotas Frau schien es weniger auszumachen als ihm, die ganze Prozedur noch einmal durchzustehen.

PIETÄT UND TRAUERHILFE KAFKA & BROD
Unsere Leistungen

- Aufnahme des Sterbefalles und Beratung
- Auskünfte und Vorbereitung der gewünschten Bestattungsform
- Bestellungen und Besorgungen der gewünschten Ausstattungen und Leistungen
- Besorgung der erforderlichen Todespapiere beim Hausarzt/Notarzt
- Besorgung des ärztlichen Zeugnisses für die Feuerbestattung beim zuständigen Arzt
- Besorgung der amtlichen Sterbeurkunden beim zuständigen Standesamt
- Benachrichtigung verschiedener Ämter zwecks Abmeldungen, Beantragungen etc.
- Benachrichtigung der Krankenkasse, Übersen-

dung der Sterbeurkunde und Abrechnung des Sterbegeldes

- Abmelden der gesetzlichen Rentenversicherung (Altersrente, Witwenrente, Zusatzrente, Betriebsrente usw.)
- Hausversorgung mit entsprechender Überführungsbahre
- Hygienische Behandlung und pietätvolle Einbettung in den Sarg
- Desinfektion und Reinigungsmittel, Reinigung der Geräte und Arbeitsmittel
- Grundkostenpauschale zu Bereitstellung des Bestattungsfahrzeuges
- 2 Begleitpersonen (Bestattungshelfer) bei Versorgung und Überführung
- Überführung vom Sterbehaus zur klimatisierten Prosektur im Institut und zum Friedhof
- Kiefernsarg massiv Holz, schlichte Ausführung in Mittelbraun mit 4-teiligem Beschlag
- Sarginnenausschlag mit vorschriftsmäßiger Sargmatratze
- Deckengarnitur mit Kissen, einfache Ausführung
- Dazu passendes Damenkleid
- Strümpfe
- Trauerdrucksachen (100 Doppelkarten)

Frau Rota bestand darauf, anschließend noch zur Verwaltung zu gehen.

Dort erfuhren sie: »Wir werden demnächst ein neues anonymes Urnenfeld anlegen, weil das alte voll ist. Es gibt eine Sitzbank und einen großen Stein, wo man Blumen ablegen kann.«

Professor Rota dachte: ›Jetzt muss er nur noch sagen, falls sie sich beeile, gehöre sie zu den Ersten.‹ – Sie war dann die Erste.

Sie schien schon so geschwächt, dass sie nicht die Idee hatte, sich das Feld anzuschauen.

Der Angestellte gab ihnen noch ein Informationsblatt mit, denn alles musste ja seine Ordnung haben.

- Feuerbestattung ohne Feier
- Auswärtigenzuschlag/Bestattung
- Auswärtigenzuschlag/Beisetzung
- Mitarbeit bei Leichenschau
- Zeugnis des Gesundheitsamtes
- Genehmigung des Amtes für Öffentliche Ordnung
- 2 Personen Mithilfe beim Sargabladen
- 2 Tage Leichenhalle zusätzlich

Es war dann so weit. Niemand von den Nachbarn hatte mitbekommen, dass der Leichenwagen vorfuhr.

Rota entdeckte nach dem vermuteten Krematoriumstermin auf dem Feld Nummer 48 Markierungen durch Holzpflöcke auf dem Rasen. Plan mit dem Erdboden abgesägt, ergaben sich Quadrate mit einer Seitenlänge von einem Meter.

Dann wussten die Friedhofsbediensteten, wer wo lag. Genauer gesagt: stand. Oder wie man das bei der Urnenasche formulieren sollte. Auch der beliebte Spruch »Er/Sie würde sich im Grab umdrehen« verbot sich hier.

Die Internistin, Frau eines Kollegen, hatte sich bereit erklärt, Hausbesuche zu machen, obwohl der Rota'sche Bungalow weit außerhalb ihres Bezirkes lag. Sie sagte ihm, als sie den Totenschein ausstellte: »Sie wissen, dass Sie Ihre Frau innerhalb eines Jahres umbetten lassen können?«

›Warum sollte ich das?‹, fragte sich Rota.

Da Frau Rota die Briefadressen mit ihrer markanten Handschrift selbst geschrieben hatte, bewirkte das bei den Empfängern wohl häufig einen Schock, zumal die Zustellung durch persönlichen Boten erfolgte – in dieser wirtschaftlichen Nische hatten sich einige Kleinstunternehmer etabliert.

So war die Reaktion der Freunde, Bekannten und Verwandten naturgemäß sehr unterschiedlich. Äußerlich waren von Videosequenzen gemeinsamer Unternehmungen bis zu handschriftlichen (!) Briefen auf Pergament (!) viele Formen vertreten. Manche trauten sich spontan ans Bildtelefon. Dies war eher die Ausnahme.

Man konnte und sollte es keinem verdenken. Über den Tod zu reden ist etwas anderes, als ihn zu erleben. Daneben zu stehen, wenn die eigene Frau aufhört zu atmen, hat eine andere Qualität, als wenn man der Beisetzung seines Lieblingsonkels beiwohnt.

Als Rota nach 14 Tagen von einem Freund gefragt wurde, ob er schon Licht am Ende des Tunnels sehe, antwortete er ihm, es gebe nur die Lichter der entgegenkommenden Fahrzeuge. Auch nach drei Wochen hatte Rota das Gefühl, nicht einmal die Mitte des Tunnels erreicht zu haben.

Nach einem Monat war es Rota klar, dass sein seelischer Zustand mit diesem anonymen Grab zu tun hatte. Er fuhr zur Friedhofsverwaltung, wo man ihm erklärte, eine Urnenumbettung könne während der nächsten 18 Jahre erfolgen. Also nicht nur innerhalb eines Jahres, wie die Internistin gemeint hatte.

Daraufhin ging er zur Gemeindeverwaltung und ließ sich an dem Urnenwahlgrab Feld X, Reihe 2, Grab-Nummer 1246 ein Grabnutzungsrecht auf 30 Jahre einräumen; unter folgenden Bedingungen:

- Für die Errichtung des Grabmals, die Anlegung des Grabes sowie für die Erhaltung und Pflege des Grabes sind die Vorschriften der Friedhofsordnung in ihrer jeweils geltenden Fassung maßgebend.
- Die Eigentumsrechte der Gemeinde an der Grabstelle bleiben unberührt.
- Das Nutzungsrecht an der Grabstelle darf Dritten nur mit Zustimmung der Gemeinde überlassen werden.
- In dem Grab dürfen die umstehend genannten Personen beziehungsweise die Familienangehörigen bestattet werden. Die Bestattung anderer Personen bedarf einer Genehmigung der Gemeinde.

(Rota musste richtig nachdenken, dass außer ihm folglich auch Lenina und Bernard dort ruhen durften, falls sie dies denn überhaupt wollten.)

- Die Grabnutzungszeit kann gegen Entrichtung einer Gebühr erneut erworben werden. Dies soll drei

Monate vor Ablauf der Nutzungszeit beantragt werden. Ein Rechtsanspruch auf einen neuerlichen Erwerb besteht nicht.

- (Falls also Rota die folgenden 30 Jahre überlebte, sollte er sich jetzt schon das Datum in seinem elektronischen Planer markieren.)
- Das Nutzungsrecht kann entzogen werden, wenn diese Bedingungen oder die Vorschriften der Friedhofsordnung trotz schriftlicher Aufforderung nicht eingehalten werden. Ist der Inhaber des Nutzungsrechts nicht zu ermitteln, genügt eine öffentliche Bekanntmachung.
- Das Grab ist in würdiger Form zu erhalten. Von dem Grab dürfen Grabmäler, Einfassungen und andere Anlagen vor Ablauf des Nutzungsrechts nur mit Zustimmung der Gemeinde entfernt werden.
- Nach Ablauf des Grabnutzungsrechts sind die Anlagen des Grabes zu entfernen. Unterbleibt dies trotz schriftlicher Aufforderung beziehungsweise öffentlicher Bekanntmachung, kann das Grab abgeräumt und neu belegt werden.
- Dem Nutzungsberechtigten steht keine Entschädigung für eine Verkürzung des Nutzungsrechts zu, wenn der Friedhof aus Gründen des öffentlichen Wohls ganz oder teilweise der Benutzung entzogen werden muss. Dies gilt auch für einzelne Gräber.

(Dass der letzte Abschnitt einmal eine besondere Bedeutung erhalten sollte, war zu diesem Zeitpunkt weder von Rota noch von der Gemeindeverwaltung zu erahnen.)

Als Rota die »Pietät und Trauerhilfe Kafka & Brod« aufsuchte, um die Umbettung zu veranlassen, wollte er sich bei dem Angestellten, Herrn Mittelstatt, quasi für seinen Sinneswandel entschuldigen.

»Ich wusste, dass ich Sie nicht das letzte Mal sehe«, sagte dieser.

Und Rota gab zu, dass er sich überschätzt hatte. »Sie haben mich durchschaut. Meine Frau hat es gut gemeint. Sie wollte mir die Grabpflege ersparen. Ich war ja ihrer Meinung und habe die coole Formulierung vom Entsorgen mitgetragen. Hätte ich gewusst, dass mich dieses Rattenloch umbringt, hätte ich meine Frau von einem Grab überzeugt, wo man einen Ort des Erinnerns hat. Verstand ist nicht alles.«

Nur Rotas Schwester sprach von Missachtung des letzten Willens einer Toten. Sonst erhielt er nur Bestätigung, ja Lob.

Man hätte es ohnehin nicht verstanden, obwohl man sie doch kannte als Intellektuelle, als Atheistin. Oder war sie eher eine Agnostizistin?

Als Professor Rota am Vorabend der Umbettung über den Friedhof ging, traf er am vorgesehenen Platz den Totengräber. Zum Missfallen von Verwandtschaft und Bekanntschaft vermied er die korrekte Bezeichnung »Bestattungsaufseher«. Dieser war mit einer Art großem Korkenzieher am Werk. Das ausgestanzte Erdloch mochte etwa einen Meter tief sein. Da also kam die Urne hinein. Ein Zimmer im Jenseits.

»Wir kennen uns, Herr Rota. Moss. Sie hatten einmal meine Tochter im Leistungskurs.«

»Martina.« Rota war richtig stolz darauf, denn normalerweise hatte er ein schlechtes Namensgedächtnis.

Es ergab sich, unter den Umständen, ein nettes Gespräch. Die Tochter hatte, nach Rotas Erwartungen, eine Bilderbuchkarriere hingelegt. Sie hatte mitgeholfen, die NASA nach den Spaceshuttle-Problemen umzustrukturieren. Sie war eine dieser Doppelbegabungen: sprachlich und naturwissenschaftlich. Wie Rota auch.

Man verabredete sich für den folgenden Tag, 14 Uhr. Eine halbe Stunde später würde eine weitere Urnenbeisetzung stattfinden.

Rota fiel noch rechtzeitig ein, eine Blumenschale zu besorgen. Lenina und Bernard waren in Übersee. Er hatte ihnen beiden ausgeredet, bei der Umbettung dabei zu sein. Bernard war versöhnt. Sie hatten ihn beide gefragt, ob er das denn allein schaffe.

Rota trug einen schwarzen Anzug, hatte sich aber für eine dunkelblaue Krawatte entschieden.

Er hatte Herrn Mittelstatt von Kafka & Brod gefragt, ob er denn bei dem Akt dabei sein müsse.

»Ja, sicher. Sonst glauben Sie es doch nicht.«

»Was?«

»Dass es die Urne Ihrer Frau ist.«

Womit er recht hatte.

Die Urne werde ausgegraben und verbleibe dann zwei Tage im Krematorium zum Austrocknen (?), um dann überführt zu werden. Rota nahm sich vor, dies sprachlogisch nicht zu ernst zu nehmen.

20 Minuten vor dem Termin war Rota auf dem Friedhof. Wo war eigentlich die Urne? Würde der Totengräber sie mitbringen?

Es stellte sich heraus, dass es neben der Aussegnungshalle ein Büro gab. Da standen die beiden Urnen mit dem jeweiligen Grabkreuz (»Urnengrabtafel in massiv Eiche, lackiert und beschriftet«).

Moss überprüfte eine Urne, weil die beiden Gehäuse identisch waren (»Edelplatal, Oberfläche schwarz matt mit Goldstreifen«).

»Das hier ist die Urne für 14.30 Uhr. Dann müssen wir die Ihrer Frau nicht aufschrauben.« Das hätten sie jedoch besser getan.

Es war eigentlich kein Kreuz, sondern ein Holzschild mit einer dachförmigen Abdeckung.

Moss griff sich die Urne, Rota das Holzgebilde, und die Zweierprozession machte sich auf den Weg.

Moss ließ die Urne mittels einer sinnvollen Drahtkonstruktion hinab. Man sprach noch eine Weile. Auch noch einmal über die Tochter. Es war nicht etwa verkrampft oder gar peinlich.

Rota hatte in einem Umschlag einen Geldbetrag parat. Bei der Überlegung, etwas richtig oder falsch zu machen, half es oft, einfach seinem Gefühl zu folgen.

»Die Zeit reicht nicht, um das Grab aufzufüllen«, sagte Moss. So schob man die Blumenschale nahe an das Loch, um die nachfolgende Trauergemeinde, die diese Bezeichnung wirklich verdiente, nicht zu schockieren.

Professor Rota bedankte sich einige Tage später schriftlich bei Moss für »das gute Gespräch«.

Wie pflegt man ein (Urnen-)Grab?

Rota entschied sich für seine alternative Weise.

Ringsherum ließ man die Grasfläche abtragen, mit schwarzer Graberde auffüllen und anpflanzen. Man überließ es einer Friedhofsgärtnerei. Das war die Ausnahme.

Da man jedoch der Umwelt beweisen wollte, wie sehr man den Verblichenen geliebt hatte, rückten die »alten Hexen«, wie Rota sie respektlos nannte – statistisch überwogen ja die erstverstorbenen Ehemänner –, mit Schwiegertochter, Enkelin und schwerem Gartengerät an. Sohn und Neffe durften den Materialtransport bewerkstelligen und den Friedhof dann verlassen, um einige Stunden später die glücklich Erschöpften wieder einzusammeln.

Lobende Bemerkungen wurden erwartet: »So sieht das Grab doch eigentlich richtig schön aus.« Nun folgte die Begründung für den aufwendigen Open-Air-Einsatz: »Mein Gott, hätte sich Vater/Opa/Onkel gefreut! Er war doch eigentlich ein guter Vater/Opa/Onkel.«

Andere Version: »Er war doch eigentlich kein schlechter Vater/Opa/Onkel.«

Es brachte semantisch etwas, wenn man »doch eigentlich« wegließ. Oder vielleicht jeweils nur auf »doch« oder »eigentlich« verzichtete.

In den folgenden Wochen stellte Professor Rota die unterschiedlichsten Schalen auf das Grab. Er brannte alle Kerzen ab, die er in der Wohnung fand. Auch ohne eine Grableuchte. Oft gingen sie natürlich deshalb aus.

Nach dem Tod seiner Frau hatte Rota binnen Monatsfrist seinen Bungalow samt Anwesen auf Bernard und Lenina überschreiben lassen und war in ein Penthouse umgezogen. Mit dem Fernglas konnte er das Urnengrab seiner Frau sehen.

Es war für Rota oft ein Bedürfnis, am ehemaligen Urnengrab seiner Frau vorbeizusehen.

Er setzte sich dann auf die Bank beim »Rattenloch«,

um sich dankbar zu vergewissern, wie recht er mit der Umbettung gehabt hatte.

Warum heute der Zugang abgesperrt war, mochte ihm nicht einleuchten.

Natürlich konnte man sich unter den Plastikbändern durchbücken. War das etwa eine polizeiliche Absperrung? Und wie merkte das der Normalbürger?

Eigentlich sei es eine polizeiliche Absperrung, erklärte ein Angestellter des Grünflächenamtes (euphemistisch für Friedhofsverwaltung).

Rota hakte nach, was dieses unsägliche »eigentlich« wieder einmal bedeute.

Die Polizei, »eigentlich« der MAD (Militärische Abschirmdienst), habe empfohlen, neutrale (also weiße) Plastikbänder zu verwenden. Er dürfe – man merkte, wie er sich bemühte, das Wort nicht zu verwenden – nichts sagen. Aber weil Professor Rota stets freundlich und sachlich (!) zu ihm gewesen sei, informiere er ihn.

»Der Sohn des Verteidigungsministers wird übermorgen beerdigt. In der Familiengruft.«

»Und die ist hier?«

»Ja. Weil dies der älteste, sozusagen klassische Teil des Friedhofs ist.«

»Und das in unmittelbarer Nähe zu einem anonymen Urnenfeld?«

»Sie müssen das andersherum sehen. Das anonyme Feld wurde an einer Stelle ausgewiesen, die für Normalbestattungen nicht würdig wäre.«

»Nicht würdig?«

»Na ja, es bildet den Abschluss des Friedhofs gegenüber einem Steinbruch. Die Familie des Ministers hat eine lange militärische Tradition. In der Gruft finden Sie Sarkophage aus dem 18. Jahrhundert, Generäle aus dem Deutsch-Französischen Krieg, den ersten abgeschossenen Piloten eines Doppeldeckers.«

»Ist Militärgeschichte Ihr Hobby?«

»Ein bisschen schon.«

»Wie kam der jetzt Verstorbene zu Tode?«

»Entschuldigen Sie, ich muss zurück zur Verwaltung.«

›Seltsam‹, dachte Rota.

Aus den großformatigen Traueranzeigen konnte man entnehmen, dass dies eine imponierende Zeremonie werden würde.

Die Gästeliste wäre sicherlich interessant.

Zum Zeitpunkt der Beisetzung diktierte Professor Rota gerade per Voice Control das Schlusskapitel einer Abhandlung zum Thema »Das historische Internet und die wirtschaftlichen und sozialen Folgen«.

Nachdem die Stimmerkennung nie schlechter als bei 99 Prozent lag, wovon ihn Malone überzeugt hatte, arbeitete er gern mit diesem System. Er schrieb aber seine Texte immer noch per Hand und las sie dann eben ab.

Es musste die neueste Entwicklung eines Plastiksprengstoffes gewesen sein.

Rotas Computerzimmer lag auf der dem Dorffriedhof abgewandten Seite. So überlebte er.

Von einem Bombenkrater zu reden wäre ein Euphemismus gewesen. Den Dorffriedhof gab es nicht mehr. Es kam nicht zum Einsatz der Feuerwehr. Die Wache war mit in die Luft geflogen.

Nun hatte sie wirklich ein anonymes Grab, oder vielleicht besser formuliert: ein virtuelles. Und die Friedhofsordnung war für immer außer Kraft gesetzt.

Ein bisschen war Rota schon traurig. Eine Woche zuvor hatte er das Urnengrab abdecken lassen. Schwarzer belgischer Granit. Wie auf dem Grab seines Lieblingsphilosophen Arthur Schopenhauer.

Rota hatte vor Jahrzehnten einmal den Besuch eines Offiziers des MAD. Es ging um die Überprüfung der Geheimnisträgerqualifikation eines Abiturienten, der Berufsoffizier werden wollte.

Rota erinnerte sich mit einem Schmunzeln daran. Die letzte Frage des halbstündigen Gesprächs lautete nämlich: »Hat er es auch mit Mädchen?«

Rotas Reaktion: »Hoffentlich!«

Er hatte es fälschlicherweise als moralische Einstufung verstanden. Dabei war es eine sicherheitsrelevante Frage. Homosexuelle waren bei der damaligen Rechtslage ein Sicherheitsrisiko, weil sie erpresst werden konnten.

Rota dachte an diese Begegnung, als er einer Vorladung folgte. Nicht bei der Polizei, nicht vor Gericht, sondern vor einem parlamentarischen Untersuchungsausschuss. Er kam sich eher vor wie vor einem Militärgericht.

Völlig unerklärlich war ihm, wie er in diese Lage gekommen war, weshalb er sich einen Rechtsanwalt nahm (Kanzlei Loge & Partner). Zusammen spekulierten sie über die Gründe der Vorladung.

Die Befragung verlief äußerst skurril.

Die Friedhofsverwaltung habe mitgeteilt, dass an dem

anonymen Urnenfeld manipuliert worden sei. Ob Rota etwas damit zu tun habe.

Als Rotas Rechtsanwalt Loge erstaunt die Hände hob, wurde ihm bedeutet, dies sei eine sicherheitsrelevante Frage.

Was die Verwaltung nicht mitgeteilt hatte, war die Tatsache der Umbettung. Rota sah sich nicht veranlasst, dies offenzulegen.

Selbst bei einem anonymen Urnenfeld existiert eine Belegungsliste. Und um eine Urne umzubetten, muss man sie wohl ausgraben, was schwerlich als Manipulation eingestuft werden kann.

Auch nach weiteren Fragen sahen Rota und sein Rechtsanwalt den Grund der Vorladung nicht ein. Rota wollte diesbezüglich etwas sagen, doch der Anwalt bedeutete ihm, dies zu unterlassen.

»Sie sind da wohl in etwas hineingeraten, das wir noch nicht verstehen.«

Rota und Loge waren in der Anwaltskanzlei.

»Und wenn wir eine Detektei einschalten?«, fragte Rota.

»Das müsste jemand sein, der, sagen wir mal, Kontakte zu den Geheimdiensten hat. Und so etwas ist selten.«

»Geheimdienste? Was hatte meine Frau mit Geheimdiensten zu tun?«

»Rota, erinnern Sie sich, wie wir damals versuchten, hinter die Gründe für die Vorladung zu kommen?«

»Ich habe die Mindmapping-Darstellung in meinem Personal Assistant.«

»Haben Sie ihn dabei?«

»Immer.«

»Dann machen Sie eine Datenabgleichung.«

»Zwischen … ?«

»Zeitpunkt der Explosion.«

»Und was?«

»Schauen Sie einfach mal.«

Rota scrollte auf und ab. »Eine gewisse zeitliche Übereinstimmung ergibt sich zwischen der Explosion und der Zeremonie auf dem Hauptfriedhof.«

»Geht es genauer? Was den Ablauf der Trauerfeier betrifft.«

»Die ersten Gäste hatten die Aussegnungshalle bereits verlassen. Das heißt die ranghöchsten.«

»Und die Familie«, ergänzte Loge.

»Was sagt uns das?«

Loge schien auf eine seltsame Art geistesabwesend zu sein. »Ich hätte da eventuell jemanden. Arbeitete früher ab und zu für meine Kanzlei. Bis ich den Kontakt abbrach. Seine Kontakte waren zu gut.«

»Ich verstehe nicht«, sagte Rota.

»Wir brauchen die Liste der Trauergäste.«

»Die haben wir doch.«

»Ja, die offizielle. – Sie hören von mir.«

Loge verabschiedete einen Rota, von dem man nicht sagen konnte, ob er erstaunt oder frustriert war.

Das Retro-Telefon klingelte; es war ein puristisches Klingeln, keine dieser albernen Klangsequenzen.

»Rota.«

»Stellen Sie um auf ›abhörsicher‹!«

»Moment.«

Replikas hatten natürlich alle technischen Optionen.

»Mit wem spreche ich?«

»Loge. Können wir uns treffen? Ich habe eine Überraschung, eine Bombenüberraschung.«

»Sofort?«

»Wenn möglich.«

»Und wo?«

»Am anonymen Urnenfeld. Verkleiden Sie sich. Und verändern Sie Ihren Gang. Ich komme aus Richtung Steinbruch.«

Die Frau, die aus Richtung Steinbruch kam, legte an den Steinkreuzen Blumen nieder. Sie schien älter zu sein, ihrer Kleidung und dem Hutschleier nach zu urteilen.

Sie setzte sich neben Rota auf die Bank, ohne zu fragen, ob hier frei sei. Er wäre ja nur eine Geste der Höflichkeit gewesen, natürlich war frei. Wer verirrte sich schon an dieses Grabfeld.

»Der Verteidigungsminister hatte einen Zwillingsbruder.«

Eine Männerstimme! Loge!

»Sie haben richtig gehört und nur falsch gesehen. Zum Bruder sage ich gleich etwas.«

Rota fühlte sich wie damals mit den Kafka-Puppen und auf dem Sprungbrett.

»Professor Rota, hat das Licht Korpuskel- oder Wellencharakter?«

Eine Frau, die keine war, stellte auf einem Friedhof Fragen zur Physik.

»Beim heiligen Thaddäus! Lieber Loge, Sie müssen überzeugt sein, dass unsere Camouflage ausreicht. Befürchten Sie nicht, dass wir abgehört werden könnten?«

»Ich habe uns abgeschirmt. Man sieht uns nicht einmal.«

»Wie das?«

»Lieber Rota, interessiert Sie nicht vielmehr, warum?«

»Beides.«

»Das Wie hat mit meinem Physikstudium zu tun. Das Warum ist eine Sicherheitsmaßnahme, die wir beide verdammt nötig haben. – Aber beantworten Sie mir meine Frage.«

Ein perplexer Rota erinnerte sich an seinen Physikunterricht: »Den Wellencharakter kann man nachweisen, wenn man gebündeltes Licht von einer Spiegelfläche reflektieren lässt, die dem Auge plan erscheint. In Wirklichkeit hat sie sozusagen einen Knick, das heißt, der Winkel ist ein winziges Stück kleiner als 180 Grad. Beim reflektierten Licht entstehen folglich Interferenzen. Wellenberg trifft auf Wellental. Das Ergebnis sind schwarze Streifen. Funktioniert übrigens ähnlich bei Schallwellen. Ich erinnere etwa an das Noiseguard-Prinzip der Schallkompensation durch Phasenumkehr in Gegenschall.«

Rota stutzte. »Ich unterhalte mich mit einem Juristen über physikalische Erscheinungen?«

»Nennen Sie es Parallelstudium. Ich bin so eine Art Grenzgänger, ganz wie Sie, lieber Rota. Sie kennen sicherlich die Kultserie ›Raumschiff Enterprise‹?«

»Mein Vater hatte eine digitalisierte Version.«

»Sie sind also mit Phänomenen wie dem Beamen vertraut?«

»Sicher. Wir würden diese Technik heute gern beherrschen.«

»Wir beherrschen sie«, sagte Loge in einem Tonfall, als ob er darüber nicht allzu glücklich wäre.

»Sie sprachen am Telefon von einer Bombenüberraschung.«

»Ja, das Ganze war ein Attentat.«

»Jetzt sagen Sie bloß noch, auf meine Frau.«

»Natürlich nicht. Durch Ihre Frau. Genauer gesagt: durch die Urne. In der war die Sprengvorrichtung.«

»Und was sollte die bewirken?«

»Einen Superkrater.«

»Das hat sie ja geschafft.«

»Zur richtigen Zeit, aber am falschen Ort.«

»Und welcher Ort hätte der richtige sein sollen?«

»Das anonyme Feld. Und wo lag dieses? Na, lieber Rota?«

»Mein Gott, neben der Familiengruft. Es war ein Attentat auf die Trauergäste.«

»Auf alle?«

»Auf die Militärs.«

»Auf alle?«

»Auf den Verteidigungsminister.«

»Jein.«

»Auf seinen Zwillingsbruder.«

»Eigentlich ja. Wenn die Attentäter auch nicht wussten, dass es diesen gab.«

»Loge, sind Sie sicher, dass man uns nicht sehen kann?«

Eine Abordnung Uniformierter bewegte sich an ihnen vorbei in Richtung der Familiengruft. Auf einer Art Stafette lagen mehrere Kränze.

»Wenn Sie so besorgt sind, sollte ich uns vielleicht wegbeamen?«

»Bitte, lieber Loge, mir ist nicht nach Scherzen zumute.«

»Dann wenigstens die Kränze?«

Und das bewies dann der Rechtsanwalt einem entsetzten Rota.

Ein schreiender Offizier machte die Situation auch nicht besser. Die Kränze fehlten. Wie anders sollte man es nennen?

Die folgende Frage fiel Rota sehr schwer: »Kann man dies auch mit Menschen?«

»Ja.«

»Mit vielen?«

»Ja.«

Rota, nach einer langen Pause: »Mit einem ganzen Stadion?«

»Ich sehe, Sie wissen Bescheid.«

»Das nennt man militärische Grundlagenforschung. Und zwar mehr als die Indianerspiele mit Pentium-Northwood.«

»Oder Prescott.«

»Richtig schön vom Fach, was?«

»Offensichtlich wir beide. Ich wünschte, ich wäre es nicht.«

»Wie gerät man in so etwas hinein?«

»Durch den Mann mit den Kontakten. Ich wollte das Profil unserer Kanzlei beim Wirtschafts- und Strafrecht belassen. Dann gab es den Fall mit einem Pharmaunternehmen, das nach dem dritten Golfkrieg sein Betätigungsfeld erweitern, oder besser gesagt, ändern wollte. Oder musste. Auf dem Kriegswaffensektor. Chemisch lief da nichts mehr.«

Rota nickte. »Dann also physikalisch. Und was bedeutete das?«

»Objekte zu dislozieren.«

»An einen anderen Ort zu versetzen.«

»Und wenn dieser weit genug weg ist, ist das Objekt verschwunden.«

»Kann man diesen Vorgang rückgängig machen?«

Loge seufzte. »Gelöschte Computerdateien konnte man wiederherstellen. Objekte jedoch sind einen Mausklick vom Nichts entfernt. Wie alle im Stadion.«

»Das freut das Militär, das dann aber schleunigst Gegenwaffen entwickeln muss.«

»Was glauben Sie, lieber Rota, was ich hier gerade einsetze?«

Rota musste zugeben, dass er sich schnell an diese neue Realität gewöhnt hatte. Wenn sie auch eine andere Qualität besaß als damals die Vorkommnisse mit Hide.

»Waren die 95 000 Versuchskaninchen?«

»Versuchsmenschen. Mit Tieren hatte es bereits geklappt. Dies war dann der erste Großversuch. Wo gehobelt wird, fallen bekanntlich Späne. Und um die hierbei anfallenden juristischen Späne kümmerte sich meine Kanzlei. Musste sich kümmern. Durch die Wirtschaftsstrafverfahren hatten wir Einblick in so vieles. Zu vieles. Wir wurden erpressbar. Eines Tages stand der Zwillingsbruder im Büro. Das hatte ich dann von meiner Doppelqualifikation. Und er war nicht allein.«

»… sondern?«

»Raten Sie mal, Rota.«

»Geheimdienst.«

»Wer sonst? Natürlich nicht nur der eigene. Auch die von befreundeten Mächten, wie es so verlogen heißt.«

»So hatte der Verteidigungsminister ein Alter Ego. Wie praktisch.«

»Ich weiß nicht, ob es so praktisch war. Schließlich hätte es ihn fast das Leben gekostet. Aber wer rechnet schon damit, dass man eine frisch entsorgte Urne gleich wieder ausbuddelt? – Entschuldigung! Mein Umgang färbt auf meinen Sprachgebrauch ab.«

»Ich habe damit keine Probleme. Für mich ist dieses Gräberfeld hier ein Rattenloch, dem ein Umpflügen nicht geschadet hätte. Aber warum wollte man den Verteidigungsminister umlegen? Als Sippenhaftung?«

»Nein, die Attentäter gingen doch von einer einzigen Person aus. Im Geheimdienstmilieu herrschen immer noch Zustände wie vor dem zweiten Golfkrieg. Man neidet sich die Ergebnisse wie weiland CIA und FBI.«

»Und wer waren jetzt die Attentäter?«

»Elfter September. Sagen Sie das mal auf Englisch.«

»The eleventh of September.«

»Und in Zahlen, Herr Professor?«

»Nine eleven. Mein Großvater besaß einen. Aber was soll das in diesem Zusammenhang?«

»Was besaß Ihr Großvater?«

»Einen Porsche 911. Und einen Ford Mustang, den er mir schenkte.«

»Sonst haben Sie keine Assoziationen?«

»In Nordamerika war das mal die Notrufnummer. Ach ja, und natürlich der Anschlag auf das World Trade Center.«

»Na also.«

»Also was?«

»Wer steckte hinter den Anschlägen auf die Towers?«

»Da gibt es zwei konträre Ansichten, wie bei Pearl Harbor.«

»Und welche ist die richtige?«

»Nicht die Geschichtsbuchversion mit Bin Laden.«

»… sondern?«

»Ein Geheimdienst.«

»Eben.«

Rota schaute Loge an, der nun keine Frau mehr war. »Und diesmal?«

»Derselbe.«

»Derselbe Geheimdienst, der damals in Manhattan …?«

»Eben der.«

Rota spottete: »Das müssten dann die Enkel sein.«

»Sind sie gewissermaßen auch. Nur dass es in diesem Fall kein politisches Motiv war, sondern ein persönliches: Rache. Es hatte mit dem Stadion zu tun. Man traf sich dort in der Anonymität einer Sportveranstaltung. Der Anlass war banal, wie so vieles in diesem Cloak-and-Dagger-Milieu. Man wollte sich unter anderem einen neuen Namen geben. ARRODNA. Gibt keinen Sinn, oder, lieber Professor?«

»Die Anrede klingt so ironisch. Der zerstreute Professor soll wohl auf die Dechiffrierung ANDORRA kommen?«

»Natürlich. Aber für uns alle gibt es keinen Sinn.«

»Für mich schon.«

»Herr Rota, ich habe doch einen Scherz gemacht.«

»Geschichte der Luftfahrt. Ich habe meine Tochter Lenina Prüfungsstoff abgefragt. Der erste Super-Jumbo war ein Airbus 380, der an einem elften September abstürzte.«

»Das war einer dieser dümmlichen Zufälle.«

»Den 600 Insassen konnte es egal sein, ob Zufall oder
zynische Terminierung. Das Flugzeug war ›Andorra‹ getauft worden.«

Nun schaute Loge Rota an. Beide schwiegen lange.

»Das Leben geht weiter«, sagte Loge schließlich. »Ich
möchte nicht wissen, wie oft auf einem Friedhof diese
Worte fielen. Ich gebe Ihnen etwas mit. Es ist sozusagen
eine Betaversion. Passen Sie gut auf, dass es kein Danaergeschenk wird! – Man sieht sich!«

Nur dass die Floskel, wörtlich genommen, jetzt nicht
mehr stimmte: Loge war verschwunden.

Rota starrte auf die silberfarbene Box, die vor ihm
schwebte.

Warum sollte er nicht danach greifen?

Die Gravur lautete: DISLOKATOR *Serie Pandora I.*

Er würde die Box heute wohl nicht mehr öffnen.

So werf ich den Brand in Walhalls prangende Burg

Es war eine gewaltige Detonation. Der Schnürboden hob sich als Ganzes ab und krachte Sekunden später auf das Selbstbedienungsrestaurant.

Rota hatte sich immer gewundert, dass dieser Tempel der Bourgeoisie den Terroristen nicht schon früher einen Anschlag wert war.

Neben der Poststelle sah man ab und zu einen Polizisten; es schien weitaus mehr Rot-Kreuz-Helfer zu geben.

Hinten rechts, auf der Seite der Garderoben, stand stets ein Löschwagen der Bayreuther Feuerwehr.

Rota war kurz vor Brünnhildes Stichwort – das war es ja wohl – den Hügel hoch in Richtung Bürgerreuth gegangen.

Nun rannte er zum Restaurant, wo er seinen Wagen, einen Ford GT40-Replica, geparkt hatte.

Sein Personal Assistant war in das Navigationssystem integriert. Rota scrollte: seek – event – date – tickets – names.

»Götterdämmerung« 27. August *Loge* (Parkett rechts, letzte Reihe)
»Tristan und Isolde« 28. August *Cora Felicitas Clay* (Mitteloge)

Der Monitor erlosch, wohl weil er funkgesteuert war. Eine Feuerwand stand über dem Festspielhaus – wahrhaftig eine Götterdämmerung.

Einem Feuergott durfte dies doch eigentlich nichts ausmachen, ging es Rota durch den Kopf. Er wusste nicht, wie recht er haben sollte.

Warum hatte Rota wieder Kontakt zu Loge aufgenommen? Nun ja, die Betaversion DISLOKATOR Serie Pandora I war zwar vielversprechend, jedoch sollte es schon die Alphaversion sein.

Die Reaktion auf einen Anruf bei der Kanzlei Loge & Partner war unbefriedigend, das heißt eher seltsam. Dr. Loge sei auf absehbare Zeit nicht erreichbar. Von einer Geschäftsbeziehung mit Professor Rota sei ihr, der jahrelangen Sekretärin, nichts bekannt.

Rota bedankte sich artig. Er beschloss, persönlich vorbeizuschauen.

Die Kanzleiräume waren, wie er sich erinnerte, sicherheitstechnisch sehr effektiv ausgestattet. Man ging, bereits videomäßig überwacht, durch eine Schleuse, wo man ein gewisses Kribbeln verspürte.

Rota präsentierte den Dislokator wie eine Polizeimarke. Und siehe da, er erhielt Zutritt.

Ein lächelnder Dr. Tristram D. Loge [Namensschild!] begrüßte ihn. »Willkommen im juristischen Niemandsland, lieber Professor! Ich entschuldige mich für das Versteckspiel. Aber ARRODNA ist sehr emsig. Emsig im Sinne von hinterhältig, brutal und dabei äußerst effizient.«

Sie betraten einen abhörsicheren Raum. Es gab eine Bartheke, Barhocker – und eine Barfrau.

»Machen Sie uns bitte zwei Kir Royal, Cora?«

Loge schien belustigt über Rotas erstauntes Gesicht.

»Eine exzellente Datenbank, lieber Loge. Kompliment!«

»Lebensnotwendig, oder besser: überlebensnotwendig. Wir müssen immer mehr digitale Nebelbomben werfen, auch virtuelle Ablenkungsgranaten. Die herkömmliche Metaphorik bildet unsere heutige Welt sicherlich nur unvollkommen ab. In die reale Außenwelt getrauen wir uns jeweils nur mit einem Dislokator.«

»Eine Weiterentwicklung der Pandora-Serie?«

»Wir haben das Label umgetauft, es war zu ehrlich. Jetzt heißt es Aurora Deflektor, was immer er abschirmen mag. Aber deshalb sind Sie ja hier, oder?«

Barfrau Cora brachte die beiden Sektgläser.

Rota war etwas irritiert. Pagenhaarschnitt, dunkelblond. Warum achtete er auch noch auf die Augenfarbe? Braun.

Loge schien noch mehr amüsiert.

»Also gut. Hier die Erklärung: Cora Felicitas Clay ist natürlich nicht nur unsere Barfrau. Masterdegree in Jura, ehemalige Psychologin bei der US-Armee – als ich sie in Myrtle Beach bei der dortigen Pflichtveranstaltung kennenlernte, habe ich sie abgeworben.«

»Dixie-Stampede?«

»Rota, Rota, Sie überraschen mich. Vielleicht sollte ich Sie auch abwerben. Wir sind ja schon lange keine Rechtsanwaltskanzlei im klassischen Sinne mehr. Sie als typischer Grenzgänger mit Ihren vielseitigen Interessen … Über das Finanzielle könnte man doch sicherlich …«

»Als Privatier oder gar nicht.«

»Kein kleines Zubrot für einen Texas-Hold'em-Abend?«

»Haben Sie ein Dossier über mich?«

»Natürlich.«

Rota wusste nicht, ob er geschockt sein sollte oder nur verärgert.

»Ihre Kenntnisse der Chiffrierungssysteme sind äußerst beachtlich, wenn ich etwa an Ihre Abhandlung ›Chiffrierung und Irreleitung im vorerst letzten Weltkrieg‹ denke.«

»Wie kamen Sie denn an diesen Text? Er war schließlich firmenintern und topsecret.«

»Ach, Rota, so ein bisschen Werkspionage machen wir mit links.«

»Und mein Wissen wäre für Sie nützlich?«

»Ohne Zweifel.«

»Klingt nicht sehr begeistert.«

»Werde ich erst sein, wenn ich Ihre Zusage habe. Ich warte aber nicht länger als bis unmittelbar nach den Bayreuther Festspielen.«

»Dort bin ich dieses Jahr nicht.«

»Ich weiß. Ich hätte da eine Einzelkarte. Letzte Reihe, neben einer Säule. 25. August.«

»Sie? Ein Wagnerianer?«

»Man gönnt sich ja sonst nichts.«

»Warum gehen Sie nicht selbst?«

»Ich mag den ›Siegfried‹ nicht besonders.«

»Warum nicht?«

»Der Schluss ist zehn Minuten zu lang.«

»Sie meinen: ›Dein war ich von je‹ hätte man auch kürzer gestalten können?«

»Rota, Rota, Sie erschrecken mich langsam. – Doch nun zu Ihren Erfahrungen mit dem Dislokator, denn deshalb sind Sie ja hier.«

»Ich ließ die Büchse der Pandora vorsichtshalber zu.«

»Sie hätten sie gar nicht öffnen können, denn wir haben eine Sperre eingebaut, die man nur mit Nano-Diamanten ausschalten kann.«

»Sind das die aus dem Weltall?«

»Ich verteile ab sofort keine Anerkennungspreise für überragendes Spezialwissen mehr.«

»Und warum diese Sperre? Nur für Personen wie mich?«

»Eigentlich ja.«

»Mein Lieblingswort.«

»Welches?«

»›Eigentlich‹. Genauso wie ›jein‹. Es ist so entlarvend, wenn man es einfach weglässt.«

»Also gut. Für Sie gab es die Sperre. Ich wollte Sie nicht in Versuchung bringen. Dies wäre nach meiner Vorführung auf dem Friedhof unfair gewesen.«

»Sie wollten verhindern, Loge, dass ich irgendwann auf den roten Knopf drücke, oder?«

»Eigentlich ja. Schlicht und einfach: ja.«

»Den roten Knopf einsetzen – gegen wen denn? Die beiden Hides sind tot. Piscis ebenso. – Ob der Anschlag auf den Mach-3-Flug wirklich auch Piscis galt?«

»Vielleicht wusste Piscis zu viel von der Hide-Familie.«

Rota musste daran denken, dass der Dislokator manchmal schon eine große Versuchung war. Konnte er das Loge gegenüber zugeben?

»Lieber Rota, dieser Dislokator war und ist doch häufig eine Versuchung?«

»Es gehört nicht viel dazu, das zu vermuten. Eigentlich bin ich Ihnen dankbar für die Sperre – eigentlich. Der Dislokator ist bereits in der Betaversion ziemlich alltagstauglich. Sagen wir: auf der Autobahn. Einen Drängler 50 Meter zurückzuversetzen macht ja nicht nur Spaß, sondern dient auch der allgemeinen Verkehrssicherheit.

Den Youngtimer nach erfolgter Inspektion wieder in die Tiefgarage zu beamen gehörte zu den leichteren Aufgaben. Den beunruhigten technischen Zertifikator musste man eben ein bisschen anlügen. Vielleicht war das nicht so fair.

Einen Supermarkt nach Baufertigstellung in Wohnortnähe zu platzieren bot sich auch einmal an. Dummerweise erlitt ein Obdachloser dabei einen Schock, den ich glücklicherweise mit der Reset-Prozedur neutralisieren konnte.

Eigentlich – ja, Sie hören recht – bin ich an der Alphaversion nicht interessiert. Ich kam mit diesem Wunsch zu Ihnen, doch wird mir jetzt durch unser Gespräch klar, dass ich nur einen Deflektor möchte, der Nomenklatur nach quasi eine abgespeckte Aurora-Dislokator-Version.

Man sollte sich selbst charakterlich nicht in Versuchung bringen.«

Rota wusste nicht, wie er Loges Gesichtsausdruck interpretieren sollte.

»Well, well …«, reagierte Loge, und dies war schlechthin auch wenig aussagekräftig.

Rota fuhr fort: »Die Tarnkappenfähigkeit ist ohne Zweifel mit das Verlockendste. Man bekommt Einblick in eine neue Dimension von Raum und Zeit.«

»Darf es nochmals Wagner sein? ›Zum Raum wird hier die Zeit.‹«

»Parsifal‹. Humperdinck durfte die Verwandlungsmusik ergänzen. Es hat mich lange geärgert, dass ich im Klavierauszug diese Stelle nicht fand, bis ich herausbekam, dass sie später wieder gestrichen worden war.«

Barfrau Cora fragte, ob ein weiterer Drink erwünscht sei.

Rota sagte, er nehme ohnehin die Magnetbahn, und entschied sich für eine Bloody Mary. Bei so einem simplen Drink war es gleichgültig, ob »stirred« oder »shaken«.

Loge sagte: »Cora, setzen Sie sich bitte zu uns.«

Was sie tat; sie nahm neben Rota Platz.

Loge holte einen schmalen Folder. »Steinzeit, oder sagen wir besser: Bronzezeit, was die mediale Aufbereitung betrifft. Aber für dreidimensionale Aufrüstung und übersichtliche farbige Klassifizierung reicht es.«

Loge legte den Folder vor Rota hin. Als dieser danach griff, leuchtete eine dreidimensionale Schriftfolge auf:

1.1   Verschlüsselungssoftware
1.2   Quantencomputer
1.3   Jackson Pollock
1.4   Soziobiologie

1.1.1   True-Crypt
1.2.1   Qubits
1.3.1   Gaschromatografie
1.4.1   angeborene Apriori des Weltzugangs

»Das ist also die Hausaufgabe«, sinnierte Rota. »Mit Verschlüsselung und Pollock komme ich wohl klar. Das andere sagt mir nichts oder wenig. Das werden harte Wochen.«

Cora legte ihre Hand auf Rotas Arm und sagte: »Ich kann Ihnen ja helfen. Sie dürfen mich kontaktieren. Hier ist mein Treo-Zugang.«

Es kam Rota vor, als werde er rot.

»Das europäische Verteidigungsministerium ist an gewissen Kenntnissen äußerst interessiert. Aus gegebenem Anlass …« Loge lachte.

»Waren das noch Zeiten, als man sich nur über Russland aufregen musste!«

»Oder über China. Als gefühlte Amerikanerin darf ich an den legendären George W. erinnern.«

»Legendär, by Jove! ›Gefühlt‹ ist wohl eine neue Nomenklatur für Gesinnungsabstufungen?«

»Verehrter Rota, das alte Europa hatte nicht nur seine Meriten.«

»Aber manchmal prophetische Gaben, wenn wir etwa an Persien denken.«

»Der damalige Iran.«

»Und Irak, Afghanistan.«

»Wie wäre es mit Vietnam, Korea?«

»Zweiter Weltkrieg. Da wären wir dann beim Thema Nummer eins: Enigma.«

»Mit einem Computer hätte es der britische Thinktank einfacher gehabt.«

»Gab es da nicht schon Vorstufen von Turing? Zuse war ja 1941 mit Z3 auf der Gegenseite.«

»Auf eine Art«, sagte Cora, »brachte es damals eben etwas, mit ›brute force‹ mehrstellige Passwörter zu knacken. Da ist heute etwa True-Crypt genial. Ich meine nicht nur das Container-System, sondern den Trick, ein Digitalfoto oder eine MP3-Datei als zusätzlichen Schlüssel zu verwenden.«

»Das Schöne ist ja«, bemerkte Loge, »dass man die Spezialisten der Finanzbehörde nicht mehr fürchten muss. Die halten sich mit ihren USB-Speichersticks für ziemlich clever.«

»Die sie lässig am Schlüsselbund tragen und das Abschnallen vom kleinen Karabinerhaken genussvoll zelebrieren«, ergänzte Rota. »Dabei beißen sie sich im ruhigen Büro unter anderem wegen der Verschlüsselungssoftware ›Blowfish‹ die sprichwörtlichen Zähne aus.

Und nun noch zu Jackson Pollock, 1912 bis 1956, Action-painting, Post-War-Blütezeit des 20. Jahrhunderts. Warum ist der von Interesse?«

Loge antwortete: »Erinnern Sie sich an die gefälschten Hitler-Tagebücher oder an die amüsante Geschichte mit Brangänes Tagebuch? Beide Fälle waren nicht von wirtschaftlicher Relevanz, oder besser gesagt: Brisanz. In letzter Zeit nehmen Fälschungen überhand. Fälschungen von virtuellen Aktienbeständen, Grundbucheintragungen oder Rohstofftransfers sind Klassiker. Nun aber scheinen wir wieder in eine Phase von Fälschungen realer Dinge zu treten. Kunstwerke mit ihren Untergruppen wie Ölgemälde, Grafiken, Skulpturen. Es scheint so, als ob nicht nur private Spekulanten beteiligt seien, sondern ganze Staaten. Fälschungen als eine Wirtschaftsmacht, und dies in weit größerem Umfang als das historische Abkupfern der damals aufkommenden Großmacht China.

Letztes Jahr sind Dutzende von Actionpaintings aufgetaucht mit anscheinend plausibler Provenienz. Vor Jahrzehnten in Ölpapier verpackte Originale auf dem wohlbekannten Speicher und nach dem Tod des Halbbruders einfach vergessen. Nun sind Fälschungen von amimetischen Werken ungleich einfacher.«

Rota erklärte auf Coras fragenden Blick: »Nicht mimetische, also nicht die Wirklichkeit abbildende Werke wie von Piet Mondrian, Pierre Soulages, Barnett Newman, Mark Rothko.«

War das ein bewundernder Blick von Cora oder nur ein überraschter?

Loge fuhr fort: »Nun also ist dies mit Ölgemälden von Pollock geschehen. Zur Erinnerung: Es gibt Pensionsfonds, die einen großen Bestand an Kunstwerken halten. Dass dies eine gute Idee ist, bezweifle ich. Zum Teil sind es Optionen auf Museumsleihgaben.

Wirtschaftlich gibt es eine allgemeine Regel: Wird das Angebot erhöht, sinkt der Preis bis hin zu einem vernichtenden Preisdumping.

Das Raffinierte an besagtem Pollock-Fund ist, dass einige echte Werke darunter sind.«

»Und wie unterscheidet man die?«, wandte sich Cora an Rota.

»Es gibt drei standardisierte Methoden: Laser-Desorptionsionisation, Infrarotspektroskopie und Gaschromatografie. Wenn man zertifizierte Originale hat – und die hat man –, sind die Ergebnisse eindeutig.«

»Wow!«, reagierte Loge. »Das geballte Fachwissen eines Professors.«

»Wohlgemerkt als Dilettant. Das ist eine andere Fakultät. – Apropos Pensionsfond: Das historisch beste oder eher das schlechteste Beispiel war Orange County in Kalifornien, wo der Kämmerer die kompletten Pensionsrücklagen verzockt hat.«

»Liebe Cora, lieber Rota, Dank für die Teilnahme an unserem Umtrunk. Wie habe ich mich auf dem Friedhof verabschiedet? ›Man sieht sich.‹ Diesmal wollen wir es konservativer machen. Mit Händeschütteln und dem Begleiten des Gastes zur Tür.«

So geschah es. Rota würde sich bei Loge melden (Iridium-fone) und gegebenenfalls bei Cora (Treo).

In der kleinen Bibliothek seines Penthouses nahm sich Rota den Quantencomputer vor. Jede mittlere Militärmacht wäre daran interessiert.

Golfkrieg I als der Klassiker unter den Computerkriegen war sicherlich kein echter Fortschritt der Militärtechnik. Golfkrieg II war eine Rückbesinnung auf (zu wenige) Bodentruppen. Golfkrieg III hätte nicht mit einer Katastrophe geendet, wären die Funknetze stabiler gewesen. Man hatte die klassische Physik ausgereizt. Was das restrukturierte Oktogon brauchte, war ein Quantencomputer. Dieser nutzt die Gesetze der Quantenphysik.

Ein Quantencomputer verarbeitet keine Bits, sondern Qubits. Während ein Bit den Wert 0 oder 1 hat, kann sich ein Qubit in einer Überlagerung von Zuständen befinden. Forscher nutzen die Polarisation – den Schwingungszustand – von Photonen, um Qubits zu speichern. Ein Photon kann nicht nur horizontal oder vertikal polarisiert sein, was den Bitwerten 0 oder 1 entspricht, sondern durch Überlagerung dieser beiden Polarisationen auch in einer beliebigen Richtung.

Wie stellt man Photonenpaare mit verschränkter Polarisation her? Man lässt rote Laserpulse durch einen Bariumboratkristall hin und zurück laufen. Der Kristall kann einzelne Laserphotonen in je zwei verschränkte infrarote Photonen umwandeln.

Rota fragte sich, woher Loge einen Fachmann hatte, der ein derartiges Exposé anfertigen konnte.

Im Folder war dann weiterhin die Rede von elektro-optischen Modulatoren. Die Quintessenz: Ein derartiger Rechner konnte in einer Sekunde mehrere Millionen elementare logische Operationen ausführen. Ein Geschenk für jeden Militärtechniker.

Er: Melanzane ripiene di riso
Sie: Acciughe alla ammiraglia
Er: Pasta alla chitarra
Sie: Fusilli alla napoletana
Er: Oca al vino
Sie: Oca con salsa di peperoni
Er: Fagottini di lattuga
Sie: Zucchine in crosta
Er: Palle a sorpresa
Sie: Gratin sottobosco
Er: Albana di Romagna
Sie: Sangiovese di Romagna

Man saß beim Italiener.

Er: Professor Dr. Marcus Antonius Rota
Sie: Cora Felicitas Clay, M.A. (Law)

Die Soziobiologie (Folder 1.4) erwies sich als derartig vielschichtig, dass das Kapitel über Spracherwerb einen willkommenen Anlass bot, Cora (wie angeboten) per Treo zu kontaktieren. Rota sprach von einem Arbeitsessen und kam sich dabei vor wie beim Gymnasiastentanzkurs.

Er war überrascht, dass er die Speisekarte seines Stammlokals nicht übersetzen musste. Cora war anderthalb Jahre in Genua stationiert gewesen.

Als Rota fragte, ob auch Amerikaner über angeborene Apriori des Weltzugangs verfügen müssten, hätte er über Coras fast unwirsche Reaktion nicht erstaunt sein dürfen. Ein Amerikaner ist zuallererst Amerikaner, bevor er Wissenschaftler oder etwas anderes ist. So selten war Rota doch nicht in den Staaten.

Nach dem verunglückten Einstieg wählte er seine weiteren Worte wohlüberlegt, sonst wäre ja der erwünschte gute Eindruck gefährdet.

Cora skizzierte sachlich das moderne Gehirnmodell. Weg von der Tabula-rasa-Theorie, vergleicht man das Gehirn eher mit einem Schweizer Armeemesser als mit einem Allzweckcomputer. Man spricht von »Modularität«, wie auch das Offiziersmesser aus sehr verschiedenartigen Werkzeugen, den Modulen, zusammengesetzt ist, die jeweils für eine spezielle Aufgabe optimiert sind.

Beim Spracherwerb etwa entwickelt sich die Muttersprache gleichsam automatisch in dem dafür vorgesehenen Zeitfenster der ersten Lebensjahre. Die Intonation einer später erlernten Zweitsprache erreicht niemals die Authentizität der Muttersprache.

»Deshalb die Probleme, die europäische Agenten, sagen wir, mit asiatischen Sprachen haben«, ergänzte Rota und bat um eine Erklärung des limbischen Systems.

Dazu referierte Cora, dass neben der Sprache auch Aspekte der Sexualmoral, Nahrungspräferenzen, Heimatliebe und Geschlechterstereotypen auf eine prägungsähnliche Art und Weise gelernt werden. »Prägung wird modern verstanden als Bestätigung bereits vorhandenen Wissens. So gesehen ist Lernen ein biologisch-strategisches Einjustieren der eigenen Persönlichkeit auf den je vorfindlichen Lebenskontext.«

An dieser Stelle des »Arbeitsgespräches« bestellte sich Rota einen Bocchino (Siglio Nero Grappa).

»Hirnstrukturen, die uns bewusstseinsmäßig gar nicht zugänglich sind, entscheiden bereits im Voraus, ob sich die stoffwechselphysiologische Anstrengung des Lernens überhaupt lohnt oder nicht. Dies hat eben auch Folgen für die Trainingsprogramme von Offiziersanwärtern.«

Rota freute sich, damit den Folder in etwa durchgearbeitet zu haben.

Man beschloss, noch an die Bar zu gehen.

Rota bat Cora, Loge schon einmal seine Zusage zu übermitteln. Über den Bayreuth-Aufenthalt nebst Eintrittskarte werde man sich verständigen. Als Rota hörte, dass Cora ebenfalls bei den Festspielen sein würde, wurde ihm ganz sonderbar zumute.

Er gab ihr eine gestraffte Einführung in den »Tristan« und empfahl ihr seine bevorzugte Wagner-Biografie.

Es war nach Mitternacht, als er sie nach Hause begleitete, bis zur Eingangstür ihres Bungalows.

Er bedankte sich artig, sie lächelte versonnen. Mehr

war nicht. Sollte es denn mehr werden? Vielleicht in Bayreuth?

Feuerwehr-Helikopter, ferngesteuerte Lafetten mit Löschgranaten, Aufklärungsdrohnen mit Anti-Zünder-Antennen – das volle Programm.

Dutzende von Paramedics seilten sich auf die Wiesen neben dem Restaurant ab.

Also gab es doch einen Katastrophenplan. Rota blieb noch Stunden vor Ort.

Es gab Hunderte von Toten und Verletzten. Was konnte einem Wagnerianer Besseres passieren, als seine letzten Minuten im Festspielhaus zuzubringen? Musste man sich eines derartig makabren Gedankens schämen?

Schließlich fuhr Rota zu seinem Landgasthof. Der Besitzer und einige Gäste saßen vor einer Videowand, wo die Moderatoren schon heftig über das Wie und Warum sinnierten.

Es war die übliche Informationsverschmutzung. Warum sollte es hier anders sein?

Auf seinem Zimmer versuchte Rota, Cora per Treo zu kontaktieren, erreichte aber nur ihre Mailbox. Er bat um Rückruf.

Dieser erfolgte nach wenigen Minuten. Es stellte sich heraus, dass Cora zum Zeitpunkt des Anschlags sinnigerweise im Haus Wahnfried war und dort das Modell des Orchestergrabens studierte.

Ihre Stimme war belegt. »Wann erfahren wir, ob unser Chef überlebt hat?«, fragte sie.

»Ich nehme an, dass man den Bestellcomputer gespiegelt hat und man außerhalb des zerstörten Kartenbüros Zugriff auf die Personendateien hat. Dann wird man einen Abgleich mit den Polizeilisten vornehmen. Und das wird Tage dauern. Wenn Sie mir sagen, wo Sie untergebracht sind, hole ich Sie morgen ab. Ich möchte Ihnen etwas zeigen.«

Am folgenden Tag fuhren beide zum Stadtfriedhof.

»Cora, ist Ihnen aufgefallen, dass auf Richard Wagners Grab keine Inschrift ist?«

»Ja, und wo liegt seine Frau?«

»Cosimas Urne ist in dem Grab. Möglicherweise ist sie leer. Und sie überlebte ihn 47 Jahre. Sie starb im selben Jahr wie ihr Sohn Siegfried, nämlich 1930. Das sehen Sie hier auf diesem Grabstein, oben rechts. Darunter dessen Ehefrau Winifred. Die wiederum lebte 50 Jahre länger als ihr Mann.

Nun die beiden Namen links vom Kreuz: Wieland war einer der beiden Enkel Richard Wagners. Er hatte ein Verhältnis mit einer jungen Sopranistin, die eine Weltkarriere machte. Sie trat auch bei den Festspielen auf, 19-jährig als Senta. Nun, Wieland starb 1966, seine Frau Gertrud 1998. Was ich nicht verstehe und möglicherweise pikant finde, ist, dass sie hier liegt, nach dem damaligen Skandal.

Hier haben wir noch ein seltsames Grab. Daniela Senta Thode von Bülow (1860–1940).

Gilbert Graf Gravina (1890–1972). Das war Danielas Neffe.

Daniela war eine Tochter aus Cosimas erster Ehe mit Hans von Bülow. Cosima war die Tochter von Gräfin d'Agoult und Franz Liszt. Und dessen Grabkapelle ist dort drüben. Ich gehe schon mal vor.«

ICH WEISS, DASS MEIN ERLÖSER LEBT steht über dem Vorbau.

Rota schaute durch das Eisengitter auf das Kruzifix und die Grabplatte.

»Rota, sind Sie es?«

»Wer spricht da?«

»Kennen Sie meine Stimme nicht? Loge.«

Das war fast zu viel.

»Wir treffen uns drüben am Grab von Hans Richter, dann erschrickt Cora nicht so, als wenn ich hier im Mausoleum erscheine.«

Rota hielt sich am Eingangsgitter fest. Cora war nachgekommen. »Was ist los? Sie sehen so blass aus.«

Rota wankte um das Mausoleum herum und zeigte in Richtung des erwähnten Grabes. Nun schwankte Cora. Unbewusst einander an den Händen haltend, gingen sie auf den grauen Grabstein zu.

Loge, einen Smoking tragend, trat wie beiläufig dahinter hervor und deutete auf die Inschrift. »Der nachgemachte Schriftzug von Hans Richter, dem Dirigenten des ersten Ringzyklus. Nun schauen Sie beide doch nicht so erschreckt! Freuen Sie sich denn nicht? Auf den Deflektor ist eben Verlass. Die Säule neben mir machte es einfacher, einen kleinen Nano-Schutzraum zu konstruieren. So konnte ich mich wegbeamen.«

Cora fiel Loge um den Hals, Rota umarmte ihn lange.

»Den halben Tag habe ich bereits genutzt, etwas über den Anschlag herauszufinden. Sie, lieber Rota, kommen von dieser Hide-Familie nicht los.«

»Wieso das?«

»Hide junior, also Dr. William Telramund Hide, ein würdiger Nachfolger der 9/11-Fanatiker, hatte eine Stiftung gegründet mit dem Ziel, eine Art Steinzeitkommunismus herbeizubomben. Motto: ›No pomp, just pure life!‹ Die Liste der Ziele ist noch lang. Eine Sinnlosigkeit, wie bei jedem Terrorismus.

Ich nehme an, ich stehe demnächst auf der Totenliste. Da lasse man mich auch ein Weilchen. Dünkt mir gerade recht. Sie beide passen auf sich auf, auch aufeinander! Man sieht sich!«

Rota und Cora schauten einander hilflos an. Dann gingen sie Hand in Hand vom Friedhof.

Zur falschen Zeit am falschen Ort

Im Internet gab es gehässige Kommentare. Da ja ohnehin nicht die besten Kräfte nach Bayreuth kämen, sei der Aderlass (sic!) zu verschmerzen.

Des Öfteren wurde sogar eine klammheimliche Freude – ein historisch besetzter Begriff – geäußert. Die Zeiten der Political Correctness waren eben schon lange vorüber.

Die meisten Nationen haben Übung darin, nach ihren jeweiligen Militäraktionen die zerstörten historischen Altbauten wieder herzurichten. Nach den üblichen Kriegen kamen die Terrorakte. Die Ergebnisse waren im Umfang nicht vergleichbar, jedoch exemplarischer, wie im Falle des Festspielhauses.

»Sie haben eine neue Info.«

Professor Rotas Kommunikations-Firewall ließ nun wirklich nur essenzielle (oder gar existenzielle?) Mitteilungen passieren. Der Informationsverschmutzung zu entgehen war Voraussetzung für eine gewisse Lebensqualität. Viele pensionierte Kollegen sahen dies anders.

Mochten sie ruhig.

»Ich grüße dich, Marcus Antonius.« Absenderidentität unterdrückt. »Ich hoffe, du hast die Dihydrogenmonoxid-Epidemie halbwegs überlebt.«

Das konnte doch nur dieser Amateurclown aus Studententagen sein. Arthur Cornelius. Ein Scherz aus den Anfängen des Internets. Vergiftung durch Wasser.

»Die Universität deines Wohnorts hat mir ein Sommersymposium angeboten. Willst du Näheres erfahren, kannst du mir mailen. Ergänze einfach den Titel ›Die Welt als Wille und …‹, und du hast den Zugangscode.«

Er war es definitiv. Cornelius, emeritierter Professor. Hauptforschungsgebiet: Deutscher Idealismus (Kant, Fichte, Schelling, Hegel).

Schopenhauer schrieb eine Abhandlung »Kritik der Kantischen Philosophie« als Anhang zu seinem Hauptwerk »Die Welt als Wille und Vorstellung«.

»Übrigens, kennst du eine Cora Clay? Soll ein heißer Tipp sein – wissenschaftlich natürlich, haha. So ein amerikanischer Verschnitt aus Lawschool und Militärpsycho. Sie steht auf der Teilnehmerliste für Vorträge und/oder Seminare. Salve.«

Rota ließ sich Zeit für eine Antwort. Der Schluss der E-Mail gefiel ihm gar nicht. Cora versicherte ihm, dass ihre Teilnahme am Symposium bis zum Vortragstag sozusagen topsecret sei, was ihr bei dem brisanten Thema auch zugesichert worden war.

Was Einzelheiten ihrer beruflichen Laufbahn anbetraf, so war seit dem professionellen Datenklau des vorigen Jahrhunderts der Schutz personenbezogener Daten praktisch nicht mehr existent.

Aus sentimentalen Gründen recherchierte Rota zuweilen mit »Google-Extensive« auf seinem Retro-Atari. Für »Arthur Cornelius« gab es einen überlangen Scrollbalken. Ein Link von Hegel zu Marx machte Rota noch nicht stutzig, wohl aber zu Khmer und Pol Pot.

Auf der Cornelius'schen Homepage gab es darüber hinaus einen Link zu Hides Stiftung und dem Bayreuth-Attentat. Einen triftigen Zusammenhang ergab das wohl nicht. Rota sollte sich noch wundern.

Einmal pro Monat schaute Lenina Rota-Molloy bei ihrem Vater vorbei, wo immer der sich aufhielt. Es schien ihr angebracht bei den Vorkommnissen der vergangenen Jahre.

»Papa, wie lange kennt ihr euch schon, Cora und du?«

Für Rota boten die Bayreuther Festspiele immer eine Erinnerungsstruktur.

»Ende August werden es zwei Jahre.«

»Und?«

»Und was?«

»Habt ihr mal daran gedacht?«

»Eigentlich nein.«

»Ich meinte zusammenzuziehen.«

»Ach so.«

»Was meintest du denn, was ich meinte?«

»Heiraten. Muss aber nicht sein.«

»Eigentlich nicht.«

Lenina hatte Cora anfangs kritisch beäugt, nicht ungewöhnlich bei der familiären Konstellation. Nach den üblichen kleinen Tests besorgte sich Lenina einen Retro-Cessna-Schulungs-Zweisitzer und meldete einen Flug durch den Grand Canyon an. *Durch* den Canyon, nicht *über* den Canyon.

Rota erfuhr davon erst Wochen später, als Cora beiläufig von dem Farbenspiel der Felsformationen eines Canyons schwärmte.

Lenina hatte so ihre Vorstellungen von Belastungstests, physischer und psychischer Art. Vielleicht konnte man als Tochter ja auch nicht ganz sachlich urteilen.

Ein simuliertes Unwohlsein der Pilotin hätte schon zu aussagekräftigen Reaktionen geführt, wäre da nicht die Tatsache gewesen, dass Cora bei den Heeresfliegern als Anerkennung ihrer psychologischen Beratungstätigkeit einen Pilotenkurs absolvieren durfte.

Cora war professionell zu versiert, um ihrerseits nicht ein laienhaftes Verhalten zu simulieren. Ob es klug war, Lenina später den Lizenzbesitz zu gestehen, wusste Cora selbst nicht. Aber sie war ab sofort töchterlicherseits akzeptiert.

Lenina war als Verkehrspilotin an Themen wie Terrorismus naturgemäß interessiert.

»Individual- und Staatsterrorismus – eine psychologische Annäherung«: Diesen Vortrag hatte Cora angemeldet. Sie wollte danach auf die Empore kommen, wo Lenina in der ersten Reihe saß, um dann dem Vortrag über Raum und Zeit von Cornelius zu folgen.

»Philosophie tut oft not und schadet nie.« (Originalton Professor Rota)

Der Herr neben ihr sollte Lenina bekannt vorkommen.

Das Konzerthaus am Gendarmenmarkt war ein Jahr vor dem Bayreuther Festspielhaus teilweise zerstört worden. Es war ein seltsamer Mix aus Minidetonationen und Zeitzünderbrandsätzen. Es geschah spätabends, nach einem Galakonzert. Der Hausmeister hatte bereits die Nachtsicherung aktiviert.

Die Motivforschung erlebte eine gewisse Blüte. Mancher kam jedoch resignierend zu der Erkenntnis, es sei wie viel früher mit den Computerviren: zuerst puristische Hackerfreuden, danach reiner Destruktionstrieb.

Folglich war es müßig, einen Zusammenhang zwischen dem Konzerthaus in Berlin und dem Festspielhaus in Bayreuth herzustellen, wenn als Drittes ein gesprengter Funkturm und als Viertes ein beschädigter Stauseedamm in der Reihe stünden.

Es war zudem frustrierend, nach ausführlichen städtesoziologischen Expertisen über die Funktion von Kulturbauten Angriffe auf dieselben zu erklären.

Berlin mit seiner traditionellen Krawallhistorie bot Ansatzpunkte zum Abwinken. Die Zahl der mehr oder weniger relevanten Bachelor-, Master-, ehemals Magister- und Diplomarbeiten übertraf die üblichen Google-Trefferzahlen um ein Vielfaches.

Dass zwei Harfenistinnen nebst einem Kontrabass in Kreuzberg logierten, war womöglich einer dieser schrulligen Zufälle. Wie man aus der Geschichte wusste, konnten aus Revoluzzern Minister und aus Bürgertöchtern Terroristen werden.

Die Reparatur des Gebäudes war im postdigitalen Zeitalter kein Problem. Eine leichte Übung im Vergleich zur legendären Frauenkirche in Dresden.

So originell die Anschläge 9/11 waren, so blieben doch die De-facto-Auswirkungen eher gering. Der Abschuss eines Airbus 380-800 über Las Vegas war irgendwie verheerender – nicht zahlenmäßig, sondern in der öffentlichen Wahrnehmung. Man suchte nach Erklärungen und fand keine schlüssigen. Bei den zeitgleichen Kernschmelzen von AKWs in den USA, Kanada, Australien und Neuseeland konnte man entschiedene

Kernkraftgegner vermuten. Nur stimmten die Relationen nicht mehr.

Cora hatte sich unter dem Eindruck der Stiftung des besagten Dr. William Telramund Hide (Motto: »No pomp, just pure life!«) wissenschaftlich intensiv mit Terrorismus befasst. Es hatte auch mit ihrer Beziehung zu Rota zu tun. Ursprünglich hatte sie nicht an ein Vortragsmanuskript gedacht; es sollte eine Publikation in einer Fachzeitschrift werden.

Professor Rota klappte sein Notebook mit dem rubinroten Deckel zu. Er saß im Verwaltungstrakt des Konzerthauses, in einem der kleinen Büros, die man für Gäste zur Verfügung stellte. Der technische Standard war beachtenswert. So konnten kurz vor den jeweiligen Programmen Updates vorgenommen, Texte umgeschrieben, Einstellungen optimiert werden.

Als Cora hereinhastete, konnte Rota sie beruhigen. »Ich habe nur zwei Abschnitte vertauscht und deinen Redeskriptanfang versachlicht.«

»Du meinst, er war zu peppig?«

»Stellen Sie sich möglichst anschaulich vor, Sie könnten sich ab der folgenden Sekunde nicht mehr bewegen. Sie wären quasi mit einem elektrostatischen Netz auf ihrem Platz fixiert. Ihre Finger werden gefühllos, die Beine wirken wie eingeschlafen. Sie können die Augen nicht mehr fokussieren, ja, selbst das Blinzeln wird eingestellt.«

»Was soll ich stattdessen sagen?«, fragte Cora. Klang dies etwa unwirsch?

»Sie kennen die Möglichkeiten, elektrostatische Netze zu missbrauchen. Nicht nur die Militärs verfügen über mannigfaltige Optionen …«

»Marcus Antonius, mögest du bitte bedenken, dass ich nicht der erste Redebeitrag des Tages bin. Da muss ich doch aufpassen, dass die mir nicht wegdriften.«

Vielleicht hatte ihr Partner recht. Sie brauchte keine billigen Effekte. Die Ausführungen würden sich steigern bis zu den harschen Formulierungen eines Dr. Ronald Britton.

So wählte sie einen Mittelweg, versuchte, die Geschichte des Terrorismus so anschaulich wie nötig und so sachlich wie möglich darzustellen. Bei der Konzipierung eines Vortrags musste man sich stets vor Augen halten, dass die Wirkung eine geringere sein würde als bei einer schriftlichen Ausarbeitung, in welcher Form auch immer sie verbreitet würde.

Der historische bzw. aktuelle Faktenteil musste naturgemäß beschränkt werden, war doch vor allem der psychologische Aspekt von Interesse für die Teilnehmer.

Zwar entspricht es der menschlichen Psyche, nach monokausalen Ansätzen zu suchen, doch durfte man bei psychologisch geschulten Zuhörern eine gewisse Theorieoffenheit voraussetzen.

Und wenn dann schließlich die Erkenntnis greift, dass eine Prophylaxe nicht zur Gänze möglich ist? Dann böten wohl folgende Ausführungen wenig Trost:

»Der Destruktionstrieb ist eine angeborene, nach außen gerichtete Feindseligkeit, die bestrebt ist, alles Nicht-Selbst zu vernichten.«

»Geist und Körper werden durch die Läuterung von allem Unheiligen gereinigt. Sie befreit uns von den Konflikten des Lebens und von der Komplexität der Welt, in der wir leben. Wo wir die Welt zu kontrollieren glauben, wie es bei den Machthabern in tyrannischen Regimen der Fall ist, können wir Säuberungen durchführen; wo wir, die Erwählten und Erleuchteten, in der Position der Schwächeren sind, können wir uns selbst und den Feind gleichzeitig zerstören.«

»Glaubensreinheit ist mit der Komplexität pluralistischer Gesellschaften unvereinbar. Die Läuterung kann Ausdruck in einem Selbstmordanschlag finden, in der Selbstopferung, die den reinen Geist von seinem schmutzigen Körper befreit; sie kann aber auch als Motiv für ideologische Säuberungen in Terrorregimen, ethnische Säuberungen und Völkermorde dienen.«

»Fundamentalismus ... vertritt immer ein absolutistisches Glaubenssystem, vertraut unerschütterlich auf ein Weiterleben nach dem Tode und ist ein Feind der Körperlichkeit des diesseitigen Lebens.«

Der Beifall setzte zögerlich ein. Man schien dankbar zu sein, als Cora mitteilte, ihr Skript sei ab sofort im Psycho.net verfügbar, inklusive Links zu weiteren wissenschaftlichen Quellen.

Cora begab sich umgehend auf die Empore, wo ihr Lenina einen Platz frei gehalten hatte. Die beiden hatten sich längere Zeit nicht gesehen, doch es blieb keine Zeit für eine Plauderei; der Symposiumsplan war sehr eng.

Professor Dr. Arthur Cornelius sollte über Raum und Zeit referieren und Bezüge zu historischen Entwicklungen herstellen. Wie Cora vermutete, war damit zu rechnen, über die Khmer und Pol Pot zu dem zweiten Vietnam der USA einen Bogen zu spannen. Die endlose Geschichte von Afghanistan. Pakistan und horribile dictu Iran, vom Irak zu schweigen.

Man konnte, by Jove, häufig zur falschen Zeit am falschen Ort sein.

Die alte Trennung von Vorlesung (Vortrag) und Seminar (Symposium) war schon längst aufgegeben, was es für den Referenten/Moderator schwieriger machte. Bei einer zu frühen oder zu großen Einbeziehung des Publikums konnte es zu unerwünschten Interferenzen kommen.

Professor Cornelius galt einst bei seinen Studenten als wortgewaltiger Redner; seine Anfänge und Überleitungen wirkten oft geradezu erfrischend.

»Bei dieser Untersuchung wird sich finden, dass es zwei reine Formen sinnlicher Anschauung als Prinzipien der Erkenntnis a priori gebe, nämlich Raum und Zeit …«

»Der Raum ist eine notwendige Vorstellung a priori, die allen äußeren Anschauungen zugrunde liegt.«

»Die Zeit ist eine notwendige Vorstellung, die allen Anschauungen zugrunde liegt.«

Cora wollte Lenina eine despektierliche Bemerkung zuflüstern, als es ihr vorkam, als werde deren Sitznachbar quasi durchsichtig. Gleichzeitig verspürte sie einen stechenden Schmerz in ihrer rechten Hand. Reihen hinter ihr wurde es unruhig. Leute sprangen auf, einige warfen sich zu Boden. Man hörte Schüsse.

Cora und Lenina kam es vor, als führe sie eine unsichtbare Hand zu einem Geheimausgang. Von da ging es mit einem Spezialaufzug in die Tiefgarage. Dort lehnte Loge an einem gepanzerten Geländewagen und grinste – wie anders sollte man es nennen?

Ja, ein Attentat. Ja, mit Tötungsabsicht. Ja, Täter gefasst. Ja, Täter bekannt. Nein, Motiv nicht bekannt.

Also bitte! Statt dankbar zu sein, einen Mordanschlag überlebt zu haben, sollte die Dame vielleicht … Ja, die Dame, nicht die Damen. Nein, kein Zweifel, es war nur auf Cora gemünzt.

Cora und Lenina waren offensichtlich so geschockt, dass sie gar nicht fragten, was mit Rota sei. War er nicht ihr Lover bzw. Vater?!

Als Loge seine Anwesenheit erklären wollte, merkte er, dass sie ihm nicht zuhörten. Dann hatte die Geschichte wohl noch Zeit. Die lange Geschichte, warum und wann er sich entschlossen hatte, nach dem Bayreuth-Vorfall wieder aufzutauchen. Die lange Geschichte, warum und wann er sich entschlossen hatte, sich persönlich um Coras Sicherheit zu kümmern.

Dr. Tristram David Loge hatte es vorgezogen, die Benennung seiner Boutique »Loge und Partner« wörtlich zu nehmen. Er stand ja auf der offiziellen Totenliste des immer noch existierenden Freistaats Bayern. Sogar seine Sekretärin ließ er mehrere Wochen im Ungewissen, was bei dieser einen Nervenzusammenbruch auslöste. Seine spätere Entschuldigung wollte sie zuerst nicht annehmen; einen angebotenen Erholungsurlaub lehnte sie ab. Erst nach einer längeren Fortbildung über Verschlüsselungs- und Backup-Software war sie wieder ansprechbar.

Er nutzte die Zeit im Untergrund, um die Stiftung von Dr. William Telramund Hide auszuspionieren. Was er da an Gefährdungspotenzial eruierte, bewog ihn, eine besondere Verantwortung für Cora Felicitas Clay (M.A., Law) zu übernehmen.

Loge hatte sich mit Bedacht direkt neben Lenina gesetzt, um etwa einen Nano-Schutzraum schneller aktivieren zu können. Andererseits hatte er dadurch den Schuss den berühmten Bruchteil der Sekunde zu spät realisiert. So kam es immerhin zu der Handverletzung.

»Es war zwar eines dieser Hochfrequenzgeschosse, doch das Ergebnis war sozusagen minimalinvasiv. Ich verstehe das eigentlich nicht. Vom ganzen Arm hätte nichts übrig bleiben dürfen.« Der Polizeiarzt war irgendwie beunruhigt; Loge sah keinen Grund, dies zu ändern. Sollten sie ihre beamteten Mediziner doch öfter zu Fortbildungen schicken. Zu richtigen, will heißen teuren, nicht zu Alibiveranstaltungen.

Die Gerichtsverhandlung war keine juristische Herausforderung, weder für die Anklage noch für die Verteidigung. Nur eine langjährige Geschworene hatte hierbei Probleme mit der Abgrenzung von Totschlag und Mord.

Der Vorsatz war ja zweifelsfrei gegeben. Mit einer Präzisionswaffe schießt man nicht einfach so auf einen Menschen. Es waren die »niederen Beweggründe«, die der erfahrenen Schöffin ein Überdenken wert schienen.

»Blutrache und Ehrenmorde sind seit einem Säkulum ausdiskutiert. Wie soll man Anhänglichkeit und Treue bewerten?«

Die vorgeschriebene Protokollanwesenheitsliste wies unter anderen aus (alphabetisch, ohne Titel):

Clay, Cora Felicitas   Cornelius, Arthur

Hide, Susan O.   Krapp, Samuel

Loge, Tristram David   Malone, Jack

Molloy, Stephen   Rota, Bernard

Rota, Marcus Antonius   Rota-Molloy, Lenina.

Spencer, J. A

Es wurde auf lebenslänglich entschieden.

»Sind Sie verrückt geworden?!«, fauchte der Anstaltsleiter. »Entlassung nach nur zwei Jahren. Kommen Sie
mir doch nicht mit derartig dümmlichen Ausreden. Ich
kenne unsere Justiz, ich bin ja kein Branchenfremder.«

Dr. Weinold, Leiter der JVA, schaltete zur Monitorwand mit dem Polizeipräsidenten eine zweite mit dem
Generalstaatsanwalt hinzu. Bedeutsame Blicke zuwerfen
konnte man sich selbst bei Videokonferenzen.

»Und was soll die Befragung bringen, Herr Staatsan-
walt?«

»Generalstaatsanwalt – so viel Zeit muss sein, lieber
Herr Weinold. Lassen Sie mich Ihnen versichern …«

Dr. Weinold ertappte sich dabei, wie er bei derartigen
Einleitungen mental wegzappte.

»… Ihnen versichern, dass das Staatswohl in diesem
speziellen Fall gebietet …«

Könnte es sein, dass die beiden gar nicht vorhatten, ihn
über den Zweck der Entlassung zu informieren?

»Das Wort ›Entlassung‹ wurde meinerseits nie ge-
braucht. Ich verwendete den Terminus ›Freistellung‹.
Darf ich Ihnen in Absprache mit dem Polizeipräsiden-

ten erläutern, wie wir uns den Ablauf vorstellen? Wir verwenden für die Aktion den Namen ›Ikarus‹, was mir sehr sinnig erscheint …«

»Sie meinen wohl eher ›blödsinnig‹ …«

»… wobei, oder vielmehr: wovon wir uns eine gewisse Irreführung versprechen. So als ob wir einen Hubschrauber einsetzen würden. Wir machen das viel geschickter. Wir postieren vor dem Hauptportal einen gepanzerten Polizei-Geländewagen, flankiert von zwei Quads. Diese Eskorte wird bald der Presse auffallen. Dann können wir die Ablenkung starten. Wir erörtern morgen den eigentlichen Plan. Für heute sind Sie entlassen, Dr. Weinold. Ich habe einen dringenden Termin.«

Videokonferenzen sind gewiss eine praktische Sache. Manchmal muss man darauf verzichten. Hier verzichtete man nicht. Man sollte es bereuen.

Dr. Weinold ließ sich die Akte des Häftlings kommen. Die Stiftung von Hide junior wurde de facto vom persönlichen Assistenten Richard Claim gemanagt.

Dieser war zudem Bodyguard, Helikopterpilot, Schießausbilder (sozusagen Waffenmeister) und Mentaltrainer. Er selbst hatte eine Firma für Personenschutz.

Dr. Weinold blätterte die Akte durch. Ja, blätterte. Retro war sein Hobby (er fuhr einen Mercedes-Benz 300 SL Coupé – Uhlenhaut Nachbau). Seine Sekretärin schuf auf seine Anfrage aus den digitalen Vorlagen des JVA-Archivs nette Aktenmappen mit einem haptischen Plusfaktor.

Vater Diplomat, Mutter Kunsthändlerin. Beide häufig bei Vernissagen. Gelegentlich bei den Bayreuther Festspielen.

Internat in der Schweiz. Jurastudium. Heirat einer Irin. Scheidung. Eine Tochter.

Dr. Weinold besprach sich mit dem Chef des Security-Dienstes, den alle nur Bond nannten. (Man hatte den Außenschutz der JVA schon lange »outgesourct«.)

Dieser machte einen interessanten Änderungsvorschlag.

»Die Ablenkung vom Hauptportal zum Nebenausgang ist zu offensichtlich. So naiv sind die Medien nicht. Man wird Claim ohnehin woanders rauslassen. Wo, müsste man noch überlegen. Am Nebenausgang macht man die übliche dezente Show. Pkw mit laufendem Motor, darin Frau auf Rücksitz. Zwei Motorräder. Abmarsch. Nach einer halben Stunde dieselbe Prozedur. Pkw mit laufendem Motor ohne Frau auf Rücksitz. Keine Motorräder, sondern ein Quad. Wie die Medien reagieren, ist eigentlich egal. Die müssen ja sowieso spekulieren, was die Hauptportalaktion soll. Eigentlich sitzen ja mehrere, ich sage mal: medienrelevante Persönlichkeiten ein.«

Dr. Weinold entschloss sich, die Pläne des Generalstaatsanwalts in toto zu ignorieren. Geländewagen, Quads, Pkws – alles Mätzchen für Kriminalserien. Hier galt es – da hatte er die Zustimmung von Bond –, eine saubere, handwerkliche Lösung zu finden. Und so sah sie aus: Claim bekam das Fahrer-Outfit der JVA-Cateringfirma verpasst, mit Rückenlogo und entsprechender Baseballkappe. Man müsste ihn eben überzeugen, dass der »Freigang« in seinem Interesse sei (Strafminderung, Zeugenschutzprogramm etc.). Eine Befragung, ein Angebot zur Kooperation, im strengen Sinne keine behördliche Vernehmung …

Vielleicht könne er sich denken, welcher Dienst an ihm im weitesten Sinne interessiert sein könne.

Der Cateringservice sollte schon ein paar Wochen erfolgt sein, vorerst als Beifahrer.

Die Cateringfirma versah sowohl den Wäsche- als auch den Reinigungsservice. Letzterer bestand aus Trupps von je fünf Mann und einem Kapo; eine Bezeichnung, die im Laufe der Jahrzehnte semantisch von Vorarbeiter bis Aufseher changierte.

Vollzugsanstalten, Euphemismus für Gefängnisse, hatten stets ihre besonderen internen Hierarchien. Oft wäre es gerechter gewesen, wie früher von Zuchthäusern zu sprechen.

Der Wäscheservice war bei den Einsitzenden beliebter; man ließ andere reinigen. Die Fahrtroute war immer dieselbe. Warum sollte man bei nicht sicherheitsrelevanten Bereichen von der kürzesten Strecke abweichen?

Es gab einen Fahrer, einen Beifahrer und in der double cabin zwei Helfer. Der Fahrer fungierte als Kapo.

Claim würde dann schließlich Kapo sein. Das Navigationssystem, nach Jahrzehnten perfektioniert, war in den verwendeten Vans jeweils ausgebaut worden, um die Fantasie der Insassen nicht unnötig zu stimulieren.

Bond konnte auf seinen Bildschirmen die Fahrzeuge lokalisieren. Er konnte, wie einst in den goldenen Zeiten der Formel 1, per Funk die Motorencharakteristik steuern, im Ernstfall ein Vehikel lahmlegen. Außer Dr. Weinold wusste das sonst niemand.

Claim war schon mehrfach die Wäsche-Hol- und Bring-routen gefahren. Er bat darum, wieder in den Innen-dienst versetzt zu werden. Der Ablenkungsfaktor war nicht allzu groß gewesen, was man auch nicht erwartet hatte. Claim wollte wieder in der Bibliothek arbeiten.

Der Zeitpunkt war gekommen, mit dem MAD-Ver-bindungsmann (einem ehemaligen Offizier mit Irak-krieg-III-Erfahrung) Kontakt aufzunehmen.

Man würde Claim gegenüber die Bitte äußern, für eine kurze Zeit weiter den Wäschedienst zu machen.

Der MAD hatte, wie jeder Geheimdienst in dieser Situation, einen feinen Plan gemacht. Ein Agent musste wohl eine DVD seines Vaters abgespielt haben, wo his-torische Freizeitmobile dokumentiert waren. Es gab einst Luxuswohnmobile, die als besonderen Gag eine Minigarage für das damalige Kultmodell Smart an Bord hatten.

Statt eines Wohnmobils würde man einen fahrbaren Arbeitscontainer benutzen. Der Smart war inzwischen zum Land-, Wasser- und Luftvehikel gereift, ganz so wie vom seligen James-Bond-Waffenmeister Q als Prototyp entwickelt.

Der Plan sah vor, Claim durch ein Interventionskom-mando zu übernehmen, wobei im Vorfeld gestritten wurde, ob eine Befreiung simuliert werden sollte.

Nach der Häufung der Amokläufe zu Beginn des 21. Jahrhunderts hatte jede größere Polizeistation ein Inter-ventionsteam. Teilweise musste dieses durch Freiwillige im Bereitschaftsdienst verstärkt werden. Ein Mangel an solchen Freizeitsheriffs bestand nie; der mehrwöchige Ausbildungskurs an gängigen Waffenmodellen war wohl Anreiz genug.

Bedauerlicherweise – oder sollte man sagen: logischerweise? – verlockten die echten Amokläufe zu Fakes als Ausdruck eines pervertierten Spaßfaktors. Deren Zahl wiederum nahm sodann ab, als die ersten Als-ob-Täter von Interventionsteams erschossen wurden.

Die anschließenden juristischen Spitzfindigkeiten waren zum Teil schlicht als beschämend zu bezeichnen.

Kein Geheimdienst konnte es sich leisten, auf eine fundierte Weiterbildung zu verzichten. (»Lebenslanges Lernen« hieß sinnigerweise ein Slogan vergangener bildungswütiger Jahrzehnte.)

Dazu gehörte nicht nur eine ständige technische Aufrüstung; das Wissen von Konkurrenzdiensten und (privaten) Sicherheitsunternehmen musste auch regelmäßig abgeschöpft werden.

Professor Rota und Cora hatten sich damals häufiger als sonst getroffen.

Die Schusswunde war bald verheilt, jedoch war die Hand nicht voll funktionsfähig. Viele berufliche und private Vorgänge erfolgten nunmehr sprachgesteuert (x-te Version von »Panther Naturally Speaking«).

»Vielleicht sollte ich auf dem Schießstand auf Linkshänder umschulen.«

»Wozu trainierst du überhaupt noch?«

»Marcus Antonius, manchmal sind deine Bemerkungen von einer erklecklichen Naivität.«

»Ich komme das nächste Mal mit. Mir fehlt Übung an automatischen Waffen.«

»Ich dachte, du hast nur Interesse an Laserwaffen aus deiner wilden Jugend.«

»Es geht nichts über eine halbautomatische Maschinenpistole.«

»Ist eine Maschinenpistole nicht per se halbautomatisch?«

»Eigentlich ja.«

»Und uneigentlich?«

»Es gibt Modelle, wo der Einzelschuss gar nicht vorgesehen ist, wo Dauerfeuer unter fünf Sekunden gleichfalls nicht vorgesehen ist. Ich glaube, in der Schweiz produziert noch ein Hersteller MPs mit manueller Schussfolge.«

Das Versprechen, nach der Urteilsverkündung die Kontakte zu pflegen, wurde von der Lebenswirklichkeit relativiert.

Die Wochen danach diskutierte man heftig; das Attentat belastete doch alle sehr.

Zum ersten Jahrestag kam man zusammen (Spencer und Arthur Cornelius schickten Videobotschaften).

Und ein weiteres Jahr verging.

Cora war noch in physiotherapeutischer Behandlung; jedoch nicht mehr wöchentlich. Sie ging wohl nur, um Rota zu beruhigen.

Loge vergewisserte sich halbjährlich, dass Claim auch wirklich noch einsaß; nicht verlegt worden war, nicht ausgetauscht, nicht etwa verstorben …

Loges Kanzlei hatte den Fall eines einsitzenden Waffenhändlers übernommen. Unter dem Vorwand, der zuständige Kollege sei erkrankt, bat Loge den JVA-Leiter um einen Termin.

Loge war angenehm überrascht. Dr. Weigand schien ein umgänglicher Mann zu sein. Nach der Besprechung bot Dr. Weigand Loge eine Besichtigung des Überwachungszentrums an.

»Darf ich Sie mit Herrn Bond bekannt machen, dessen richtigen Namen ich erst in der Personalakte nachschlagen müsste.«

Die gegenseitigen Artigkeiten wurden mit kleinen Testfragen vermischt.

»Und die Eingriffe in das Motorenmanagement funktionieren wirklich?«

»Es ist eigentlich eine Weiterentwicklung der Start/Stopp-Techniken des vorletzten Jahrhunderts. Man war ja so blauäugig gewesen, die Rettung des Weltklimas vorantreiben zu müssen. Heute könnten wir ein bisschen mehr Wärme vertragen. Ja, man könnte einen Wagen buchstäblich an die Wand fahren. Aber es kam noch nicht vor. – Mal was anderes, Herr Dr. Loge: Wie hält es Ihre Kanzlei mit den neuen Inter-Lex-Formulierungen?«

»Ja, Herr Bond, da werden wohl die nationalen Behörden und Gerichte die Raster erstellen, durch die man fallen muss, um in Ihre Obhut zu gelangen.«

»Das haben wir selten so vornehm formuliert gehört. Sie haben jedoch meine Frage nicht beantwortet.«

»Die Kanzlei Loge und Partner hält sich strikt an die Vorgaben und gibt auf ihrer Website stets Auskünfte über die Interpretationsspielräume. Was uns beunruhigt, ist die pseudodialektische Auseinandersetzung mit Begriffen bzw. Phänomenen wie Staatsgewalt, Staatsschutz oder Staatenpolizei. Hoffentlich kommt es nicht so weit, dass Sie, Herr Dr. Weigand, eine Abteilung für Sonderhäftlinge gründen müssen, für die Sie, Herr Bond, umfassendere Unterbringungsqualitäten schaffen würden. Man könnte diese schöne neue Welt mit Ausdrücken wie Sozialabweichung und Polithybridabweichlinge bereichern.«

Eine Weile war vom Anstaltsleiter und seinem Sicherheitschef nichts zu hören. Es war das aus dem besseren Literaturunterricht bekannte Oxymoron »beredtes Schweigen« (auch contradictio in adiecto genannt).

Nicht dass man das Gespräch abgewürgt hätte; aber es fand bald ein Ende.

Weigand überlegte kurz, ob er Bond seine Besorgnis mitteilen sollte. Er beschloss dann, es zu tun, und so rätselten sie beide: Was wusste dieser Loge? War sein Besuch doch kein Zufall? Gab es in der JVA einen Maulwurf?

Beide verblieben, die »Aktion Claim« zeitnah durchzuführen. Und Bond sollte den MAD kontaktieren, sozusagen von Fachmann zu Fachmann.

Loge wollte sich noch mit Cora treffen, um von Rota zu erfahren, dass diese leider auf der sprichwörtlich kurzfristig anberaumten Tagung sei, was Rota zu verstimmen schien.

»In letzter Zeit ist sie etwas, ich will mal sagen: unzugänglich. In meiner Jugend hätte man von zickig gesprochen. Ich bin mir aber keiner Schuld bewusst. Sie macht gerade einen Motorradführerschein, so richtig altmodisch, mit Nierengürtel und Sturzhelm. Als ob wir in unserem kleinen Fuhrpark nicht auch einen Scooter hätten. Leninas Patenonkel Krapp hat sie angefordert, weil der der Einzige weit und breit ist, der einen Ausbildungsschein für derartige, oder soll ich sagen: abartige Vehikel hat. Cora ist mal wieder 150-prozentig.«

Der MAD-Verbindungsmann stimmte sich mit Bond ab. Der fahrbare Arbeitscontainer sollte zum Einsatz kommen. Dieser sah ganz und gar nicht aus wie früher die Schützenpanzer mit der hinteren Öffnung.

Aber gerade diese Öffnung brauchte man ja, um Claim dezent zu kidnappen.

Deeskalation war das Standardprozedere auch bei halbmilitärischen Einsätzen geworden. Die Befürworter des Soft-Vorgehens sahen später, wenn sie selbst Verantwortung trugen, meistens ein, dass sie einem frommen Selbstbetrug aufgesessen waren.

»Pistole an die Schläfe, Hände auf den Rücken, Handschellen. Zwei Mann links und rechts. Vorwärtsschleifen.«

Oh Gott, oh Gott! Was sich da der Ex-Offizier vorstellte! Das schmerzte die liberale Seele. Und wie war die Anweisung von oben? »Mit gebotener Dezenz!« Der Plan war dann auch danach.

Claim hatte dem erneuten Wäschedienst zugestimmt. Er war in etwa eingeweiht. Er würde aussteigen; bis zur Containerluke waren es kaum 100 Meter. Die Vantüren würden ferngesteuert verschlossen, der Motor wie gehabt blockiert werden.

Claim ließ sich Zeit. Er schlenderte mehr, als dass er ging. Ein Moment Intermezzofreizeit; ein Stück Interimsfreigang.

Es war ein Klassiker. RAF-Style. Sturzhelme. Fahrer/Sozius. Maschinenpistole. Während der Schussfolge wechselte der Schütze die Hand am Abzug. Danach gab es mehr Dauerfeuer. Jedenfalls war das einem MAD-Mann aufgefallen.

Man flog Claim mit dem Sanitätshelikopter weg. Warum man das Motorrad nicht hatte kommen sehen, ließ sich später nicht eruieren.

»Wie war das mit der Kevlarweste?«, tobte der Anstaltsleiter. An das Gespräch mit dem Polizeipräsidenten und dem Generalstaatsanwalt mochte er gar nicht denken.

Loge war der Erste, der von dem Attentat erfuhr. Er informierte Rota. Cora war wieder zu Hause.

»Wir werden uns morgen mit Loge treffen, wenn es dir recht ist.«

»Und ob mir das recht ist!«

»Übrigens, und das hat Loge mit seinen Beziehungen herausgefunden, aber natürlich topsecret: Claim hat überlebt.«

Rota schien es, als ob Cora totenbleich geworden sei.

Als sie den Raum verließ, glaubte er noch ein gemurmeltes »Bullshit« zu vernehmen.

Die Weiße Düne

Wir werden uns morgen mit Loge treffen, wenn es dir recht ist.«

»Und ob mir das recht ist.«

Professor Rotas Vorschlag entsprach wohl doch nicht Coras wahren Empfindungen und schon gar nicht ihren Plänen. Wie sonst sollte man die Tatsache verstehen, dass sie zur Vereinbarung nicht erschien, ihr Videotelefon abgeschaltet hatte, ihr Appartement sicherheitsabgeschlossen war und in der Garage der Retro-Beetle fehlte?

Kleidung, Zahlungsmittel, Dokumente, Kommunikationstechnik – alles, was man so braucht, um abzuhauen – hatte sie wohl bei Leninas Patenonkel Krapp deponiert. Welcher sie chauffiert hatte, was sich bei einem Motorrad ungewöhnlich anhört.

Loge glaubte zu wissen, wo Cora sich aufhielt, vielmehr sich versteckte.

»Ein Baum ist ein Baum. Ein Fluss ist ein Fluss. Eine Insel ist eine Insel.«

»Arbeiten Sie etwa an einem Essay über Basic-Erkenntnistheorie?«

Hörte er da einen spöttischen Unterton heraus? So ganz verziehen hatte Sabrina Agneta Bruni ihm das damalige »Totstellen« dann wohl doch nicht.

»Definieren Sie bitte mal eine Insel.«

Loges Sekretärin drehte sich von der Videowand weg.

»Wo man drum rum schippern kann.«

»Ich könnte es nicht wissenschaftlicher definieren. Dann wäre Manhattan folglich eine Insel.«

»Es hat damals drei Stunden gedauert.«

»Was?«

»Die Fahrt mit Opas Speedboot. Beeindruckt hat mich vor allem die Umrundung der Südspitze, wo man den Ersatzbau für die World-Trade-Türme noch bewundern konnte.«

»Bevor man dessen Baubeton zerkrümelte. Eine steuerungstechnische Meisterleistung, durchaus vergleichbar der logistischen Leistung mit den beiden Jumbos.«

»Waren das auch die bösen Taliban?«

»Es waren andere Vertreter des Bösen.«

Loge ging zur Videowand, wie man diese in der Kanzlei nannte. Es handelte sich um die neueste Version einer Polyfunktionsanlage. Touchscreen war nun endgültig Steinzeit, jedoch immer noch implementiert. Man könnte bereits mit Gehirnströmen steuern, wären die dazu notwendigen Verkabelungen nicht derartig unpraktisch.

»Zum Thema Inseldefinition: Könnten Sie mal ›Sylt‹ eingeben?«

»Mit ü?«

»Nein, mit y.«

»Sylt, was soll das sein?«

»Tun Sie's einfach.«

Ein Umriss erschien.

»Ist dies ein Seepferdchen?«

»Ich brauche einen Flug dahin.«

146

Bruni konnte manchmal schon erklärungsbedürftig dreinschauen. Sie hatte inzwischen näher gezoomt.

»Da soll es einen Flugplatz geben? Warten Sie mal, da gibt es eine Landverbindung, denn es scheint augenscheinlich eine Insel zu sein. Mit einer Brücke.«

»Einem Damm, einem Eisenbahndamm.«

»Hindenburg, was soll das sein?«

»Der hat den Eisenbahndamm eröffnet.«

Loge wollte seiner Sekretärin die Wikipedia (»Trilennium«)-Suche ersparen und referierte ihr kurz die historischen Zusammenhänge.

»Soll ich Ihnen einen Flug raussuchen? Warten Sie mal. Ich sehe gerade, das geht gar nicht. Der Flughafen ist gesperrt. Schauen Sie selbst. Das sieht doch aus wie ein zerlegter Riesenvogel.«

»Wie ein Airbus 480 nach einer Bruchlandung.«

»Einer sehr heftigen.«

Die schnellste Alternative, um auf die Insel zu gelangen, war ein Schnellboot. Sekretärin Bruni konnte nicht eruieren, ob es zur Tragflügel- oder Luftkissenkategorie (vulgo: Hovercraft) gehörte. Sie buchte einen Zubringerflug.

Loge hatte sich auf Professor Rotas Bitte mit diesem in dessen Berliner Appartement verabredet.

»Cora muss es wohl gewesen sein?«

»Sie meinen das jetzt nicht als Frage?«

»Dann war sie es also, denke ich mir. Bei Ihrem Informationspotenzial.«

Loge widersprach nicht.

»Ich kann mir das Motiv nicht erklären. Man schießt

schließlich nicht einfach so auf einen Menschen. Eigentlich formuliere ich wie in einer Nachmittags-Soap.«

»Hier haben wir eher das Nachtprogramm. Lover schießt auf Ex und verfehlt knapp. Ex schießt auf Lover, genauer Ex-Lover, und trifft, aber nicht nachhaltig.«

Konnte Loge etwas dafür, dass er von der Affäre in Myrtle Beach wusste? Rota wirkte sehr gefasst.

»Sie haben Hinweise, dass Cora vor meiner Zeit mit diesem Häftling …?«

»Nun, Richard Claim war ja nicht immer nur Häftling. Da gab es den Bodyguard, den Helikopterpiloten, den Schießausbilder …«

»Hören Sie auf! Das klingt wie aus dem Dossier des Leiters der JVA.«

»Daraus habe ich es ja auch.«

»Juristische Skrupel sind Ihnen fern?«

»Lichtjahre.«

Professor Rota hatte für die Abendeinladung einen Cateringservice bemüht. Zum Hauptgang trank man einen Pinot Grigio delle Venezie.

»Ich kann mich noch gut entsinnen, dass bei der Gerichtsverhandlung damals seitens der Staatsanwaltschaft persönliche Motive heruntergespielt, wenn nicht gar zur Gänze verneint wurden.«

Loge nickte.

»Cora Felicitas Clays Intimbeziehung war nicht gerichtsrelevant.«

Rota ging zu einem Minisafe, der unauffällig in einen Mel-Ramos-Akt (Emaille auf Stahl) integriert war, und entnahm daraus einen USB-Stick. Auf einem Notebook scrollte er einen eingescannten Text durch.

»Ich habe hier die inoffiziellen Kopien …«

»Sie meinen: die illegalen …«

»Geschenkt. Die Kopien von Unterlagen, die eine äußerst einseitige Verhandlungsführung belegen. Cora wurde ausschließlich in ihrer Funktion als Armeepsychologin wahrgenommen. Irgendjemand hatte großes Interesse an dieser Sichtweise.«

Nach dem Dessert nebst Kir Royal sprach Loge das offensichtlich eigentliche Thema der Einladung an.

»Hat Cora nie über die Zeit in Myrtle Beach und das Beachhouse gesprochen?«

»Welches Beachhouse?«

»Das sie mit Richard Claim bewohnte.«

Er tat Loge ernstlich und ersichtlich leid. Rota schien wirklich etliche Wissensdefizite hinsichtlich der Vorgeschichte seiner Partnerin aufzuweisen.

Loge musste an den Kalauer denken: »Wissen ist Macht. Nichtwissen macht auch nichts.«

Wissen kann aber auch wehtun, möglicherweise selbst dem Wissenden.

Vor Coras Beratungsvertrag (»Specialised Consulting«) hatte Loge bereits ein kleineres Dossier angelegt, das dann zunehmend umfangreicher wurde; sogar eine Krankenakte war dabei. Eine Akte einer Frauenklinik, möglicherweise einer Abtreibungsklinik. Die entsprechenden Gerüchte waren natürlich nicht gerichtsverwertbar.

Claim hatte Cora unter einem anderen Namen angemeldet, das heißt, Cora hatte quasi einen Benutzernamen. Seinen eigenen Namen hatte er minimal verfremdet, mit einem (stummen, französischen?) Endungs-e:

Claime. Es war sicherlich nicht besonders einfallsreich; eigentlich war Claim nie leichtsinnig, vielleicht war es sein immanentes Selbstbewusstsein, sprich seine Arroganz.

Es gab nun zwei Geschehensversionen:

– Cora ließ abtreiben (auf Geheiß ihres Liebhabers) und nahm sich dann eine psychische Auszeit, um den Abortus zu verarbeiten.

– Cora ließ nicht abtreiben (gegen den erklärten Willen ihres Lovers) und nahm sich dann eine physische Auszeit, um das Kind zur Welt zu bringen.

Fakt war, dass sich Coras Spur für acht Monate verlor.

Loge war selbst ein Siebenmonatskind. Ein überdurchschnittlich fähiges Detektivbüro (»Philip Marlowe – Private Eyes«), mit dem er gern, oft zwingenderweise, zusammenarbeitete, fand heraus, dass man fast nichts herausfinden konnte. Schlüssig wäre eine Version freilich, wenn man das Kind fände. Loge sollte sich noch wundern.

»Wo ist Cora jetzt?«

»Ich weiß es nicht.«

»Wo könnte sie sein?«

»Ich könnte es bestenfalls vermuten.«

Es war Loge, als ob ihm Rota nicht glaubte.

»Wenn ich Sie bitte, Cora zu finden, muss ich Sie dann in aller Form beauftragen?«

»Es würde sinnvoller sein, zumal ich dann juristisch auf der sicheren Seite wäre.«

»Und das aus Ihrem Munde. Ich würde gern mitkommen.«

»Das wiederum wäre wenig sinnvoll.«

»Aber Sie informieren mich regelmäßig?«

»Gewiss, sobald ich es für sinnvoll erachte.«

»Unser Wortschatz nähert sich dem restricted code.«

»Elaborierter Code wäre auch nicht angebracht.«

»Es geht nichts über das Studium der Soziolinguistik.«

Nach einem Waltzing-Matilda-Cocktail für Loge und einem Tom Collins für Rota hob man die Tafel auf; Motto: »Man sieht sich«.

Den Zubringerflug leistete eine zweimotorige Turboprop. Mit einem Express-Katamaran wurde es dann weniger nostalgisch.

Loge hatte sich schon früher einmal überlegt, bei Erkundungen einen weiblichen Partner zusätzlich einzusetzen; vielleicht auch mit ihm zusammen. Das liefe dann auf ein (Ehe-)Paar hinaus. Und da kam er, für ihn selbst überraschend, auf seine Sekretärin Sabrina Agneta Bruni. Nun galt es, sie nachzuholen, vorher jedoch, sie zu überzeugen.

Von was eigentlich? Dass er sie als Camouflage brauchte, als Ablenkungsmanöver, als quasi fachliche Unterstützung, als fotogenes Aushängeschild, als vielleicht doch intellektuelle Zierde?

Wie würde die Rothaarige reagieren? Naturfarbe. Warum musste Loge unwillkürlich schmunzeln?

»Tun Sie's einfach. Wenn Sie so wollen, mir zuliebe. Sie müssen keine Spesenabrechnung machen. Es ist all-inclusive.«

Dieser Ausdruck war der Ruin der postmodernen,

sprich neokapitalistischen Touristikbranche. Gerade auch Sylt hatte erhebliche Schwierigkeiten, sich aus der Umklammerung des Zeitströmungskraken zu befreien. Dessen Tentakel verfügten über die verschiedenartigsten Einfärbungen wie etwa: Popularisierung, Demokratisierung, Liberalisierung, Pragmatisierung, Individualisierung, Gendergerechtigkeit und was an bunten Sozialvisionen noch angepriesen wurde.

Nach Jahrzehnten war der Spuk vorbei. Man musste dankbar dafür sein. Loge war es.

Er mietete einen Hybrid-Kleinwagen, buchte zwei Einzelzimmer in Westerland und reservierte für den ersten Abend einen Tisch in einem Edelrestaurant, dessen Besuch nun nicht mehr verpönt war.

Bruni kam dann mit einer dieser extrem teuren Helikopterversionen. Der Lister Hafen hatte eine jeweils temporär ausgewiesene Landefläche auf einer ehemaligen Austernzuchtplattform.

Die Sekretärin war sichtlich angetan, ihren Chef quasi an der Gangway anzutreffen, wo dieser sich artig mit einem Blumenstrauß (Gerbera) eingefunden hatte.

Am Abend gab es Avocadosalat/Carpaccio, Edelfischvariationen/Lammrücken und für beide Sorbet mit Schuss.

Um den Charakter eines Arbeitsessens zu betonen, hatte Loge ein einfaches Dossier zusammengestellt.

»Unter meinen Zuarbeitern schätze ich Raymond Chandler besonders.«

»Ist das ein Deckname?«

»Eher eine literaturhistorische Reminiszenz.«

»Den liest wohl niemand mehr?«

»Selten. ›The Big Kill‹.«

»Sie meinen ›The Big Sleep‹. ›Kill‹ ist von Mickey Spillane.«

»Wow! Also nochmals, diesmal richtig: ›The long Goodbye‹.«

»Hat der Zuarbeiter Kollegen?«

»Ja, er nennt sich Mike Hammer.«

»Ich mag diese Ich-Erzähler.«

»Es gäbe da noch einen Sam Spade.«

»Für den hat Dashiell Hammett den Er-Erzähler vorgesehen.«

»Chandler spricht bzw. schreibt manchmal in Rätseln. Hier habe ich etwa eine Recherche, die wenig hilfreich scheint: MCMXCVIII.«

»Römische Zahlen. 1000, 100, 1000, 10, 100, 5, 1, 1, 1.«

»Ich glaube, das liest man von hinten: 8. Links von 100 steht eine 10, macht 90. Links von 1000 steht eine 100, macht 900.«

»Warten Sie, ich muss das aufschreiben, ich bin ein absolut visueller Typ. Ergibt also 1000, 900, 90 und 8.«

»1998. Eine Jahreszahl? Ich hätte da noch eine: 1854.«

Loge sinnierte, Bruni kalkulierte. Vorerst war da wohl nichts zu machen.

»Ich hätte noch einen intellektuellen Nachtisch.« Bruni schien wenig begeistert.

»Die sogenannte Collatz-Vermutung.«

»Ich habe einen Onkel, der sich als Privatier die Chaosforschung leistet. Meine Tante musste ihm sogar einen Teil ihrer Galerieräume abtreten für seine Hightech-Ausstattung.«

»Wenn ich mal punkten möchte, überholen Sie mich einfach rechts. Nun, kennen Sie die Vermutung?«

»Nach Ende eines Rechenvorgangs kommt immer die Zahl 1 heraus, wobei man gerade und ungerade Zahlen unterscheiden muss.«

»Chapeau! Gerade durch 2; ungerade mal 3 plus 1. Probedurchgang: n = 5.«

»Ungerade, ergo mal 3 plus 1 = 16. Gerade, ergo durch 2 = 8. Gerade, ergo durch 2 = 4. Gerade, ergo durch 2 = 2. Gerade, ergo durch 2 = 1. Stimmt!«

»Zweiter Durchgang gefällig?«

»Absolut! Klar doch!«

»n = 3.«

»Ungerade, ergo mal 3 plus 1 = 10. Gerade, ergo durch 2 = 5. Das hatten wir doch schon mal! Das war doch der Probedurchgang.«

Nach weiteren Folgen hörte man begeistert frustriert auf.

»Eine brotlose Kunst.«

»Das war die Mathematik schon immer«, stimmte Bruni zu. »Nur nicht für Mathematiklehrer. Die sind doch auf der Flucht.«

»Wovor?«

»Vor dem Leben. Die bleiben lieber am Pult kleben.«

»Während wir uns hinausbegeben ins feindliche Leben.«

»Oder so ähnlich.«

Es bot sich ein Abendspaziergang an, oben auf der Promenade.

Man hatte sie tatsächlich restauriert, die Holzbuden, wo einst Geringqualifizierte drinsaßen, die kontrollierten, dass man nur unter Vorlage einer gültigen Kurkarte den Zutritt zum Strand erlangte, widrigenfalls dieser verweigert wurde; der Zutritt und der Strand.

Loge wollte das intellektuelle Gesprächsniveau des Abendessens nicht unbedingt beibehalten, ertappte sich aber, wie er zu einem Vortrag über Sandvorspülungen, Buhnen und Tetrapoden ansetzte.

Auf der Aussichtsplattform der »Himmelsleiter« wurden beider Köpfe dann doch noch kräftig durchgepustet. Vielleicht kam dadurch am folgenden Morgen beim Frühstück ein Decodierungsprozess in Gang: Die Jahreszahl 1998 führte zur St.-Christopherus-Kirche, unweit des Hotels gelegen.

Nach der erfreulichen Frühbeköstigung ging es in diese Hallenkirche; von außen ein voreinnehmender Backsteinbau, entschädigte dieser durch eine straffe Innenraumarchitektur. Hinter dem Taufbecken der katholischen Kirche lag eine aufgeschlagene Lutherbibel.

Wer ein absolutes Gehör hatte, konnte die Stimmung der vier Bronzeglocken erkennen: d', f', g', b'. Hatte die Kirche einen dazugehörigen »Gottesacker«? Eigentlich nicht. Den über die Straße liegenden »Friedhof der Heimatlosen« konnte man nicht in diese romantische Nomenklatur einordnen.

»Beim Ausdruck ›Gottesacker‹ denke ich an ein Bergkirchlein, daneben gusseiserne Grabkreuze.«

»Die Strandleichen wurden meistens vor Ort verbuddelt. Hier gab man ihnen eine letzte Stätte, namenlos, mit einer Jahreszahl auf dem Kreuz. Übrigens 1854 angelegt und 1907 geschlossen. Aber man kümmert sich immer noch. An der Eingangstür hängt eine Art Opferstock. Ich glaube, ich habe gerade gesehen, wie eine Frau einen Geldschein reingesteckt hat.«

Bruni machte noch Fotos, als Loge am Eingang seinen Obolus beitragen wollte, dabei aber feststellte, dass der Schlitz verstopft war. Er zog einen länglichen Umschlag heraus. »Zu Händen Dr. Tristram D. Loge«. Loge wusste selbst nicht, warum er den Fund unauffällig einsteckte, was nicht nötig war, denn Bruni suchte noch nach einem Motiv. Sie schien wirklich eine besonders gute Aufnahme machen zu wollen und kniete wohl deshalb bereits auf einem Grab. Da ließ sich der Umschlag schnell öffnen. Ein USB-Stick. Loge musste an das Unwort seiner Familie denken: UBS. Sein Vater hatte in etwa die Hälfte seines Privatvermögens verloren, eben durch jene Union Bank of Switzerland. Statt »Holy shit« sagte man bei Loges »UBS«, falls mal wieder etwas schiefging. Und das geschah häufig. Aber welche Familie hat schon ein eigenes »geflügeltes Wort«?

Nach ihrem Fotoshooting wollte Bruni schnell auf ihr Zimmer, um die Motive aufzuhübschen, oder wie man die Nachbearbeitung der Realität zu nennen pflegte. Die Großvätergeneration sprach ehrlicherweise von »retuschieren«.

Da die Einzelzimmer – eigentlich waren es ja kleine Appartements – nicht nebeneinanderlagen, sondern sich sogar in verschiedenen Etagen befanden, fiel es nicht auf, dass Loge gleichfalls zu seiner elektronischen »Wollmilchsau« eilte. Eines der Probleme der vergangenen Jahrzehnte war die Aufwärts- und Abwärtskompatibilität. Bei Programmen mochte es noch angehen. Kluge Firmen hatten sich über zukünftige Entwicklungen kluge Gedanken gemacht und entsprechend kluge Lösungen gefunden. Wie etwa in der Abspeicherung von Texten, auf dass dieselben auch nach Jahrzehnten noch zu editieren waren.

Loges Anlage erkannte den USB-Stick als eine der älteren Webversionen, weigerte sich aber, die sicherlich vorhandenen Dateien zur Verfügung zu stellen.

Bilder, Audioinformationen, doch wohl eher Textbotschaften?

Loge war nach einer Viertelstunde noch nicht so weit; nach einer halben Stunde hatte er eine seltsame Assoziation: ›Zu dir oder zu mir?‹ Sollte er Bruni anrufen? Und wie sollte er das Ansinnen formulieren: ›Ich hab da ein technisches Problem; könnten Sie mal vorbeischauen?‹ Oder etwa: ›Könnte ich mal vorbeikommen; ich werde aus einem USB-Stick nicht schlau.‹ Vielleicht: ›Hätten Sie Lust, mit mir nach Helgoland zu fliegen? Ich brauche Ablenkung; ein USB-Stick macht mir Pein.‹ Bei einem Wagnerianer färbte die Sprache allmählich schon ab. Loge sagte nichts von alledem, sondern verabredete sich für einen Nachmittagskaffee im Casinorestaurant.

Bruni sagte: »Ich nehme das Gedeck.«

Loge empfahl, genau zu lesen: ein Glas Sekt und eine Auster.

Bruni lachte. »Es bleibt dabei, ich nehme das Gedeck.«

Loge verzichtete darauf, die Geschichte der Sylter Auster zu referieren.

»Sind Sie mit Ihrer Fotoserie zufrieden?«

»Eigentlich ja, nur ein paar Retuschen. Auf einem der

Bilder sah ich, dass Sie etwas aus dem Schlitz der Spendenkasse zogen. Eine Flaschenpost? Wir sind schließlich auf einer Insel.«

»Post war es schon. Sogar mit altmodischer Adressierung. Mit ›zu Händen von‹ und vollem Namen, also mit Doktortitel. Die Spielchen, Plagiatsschnipsel zu finden, sind ja inzwischen Geschichte.«

»Und, was war die Mär?«

»Ich weiß es nicht. Es ist eine Geheimtinte.« Auf Brunis fragenden Blick: »Sozusagen. Vielleicht hat meine WMS nur nicht richtig upgedatet.«

(WMS gehörte auch zum Loge-Family-Slang: Mehrzweckwaffen, All-Purposes-Vehicles, aber auch Bekannte mit vielseitigen Begabungen, kurz: die altvertraute »Wollmilchsau«.)

Es zeigte sich, dass Bruni auch so etwas hatte. Mit Loges Zustimmung legte sie den ominösen USB-Stick in einen kleinen silberfarbenen Kubus, der daraufhin einige Sekunden lang neben der Auster zu rumpeln schien, um dann einen Miniprojektor auszufahren.

»Worauf soll sie den dechiffrierten Text anzeigen? Auf der Rückseite des Menüs, auf Ihrem Handrücken, auf der Serviette?«

»Sie?«

»Ja, sie ist das klügste weibliche Gebilde, das die westliche Welt zurzeit aufweisen kann.«

Wenn er sie schon als Assistentin mithatte, wäre es wohl unangebracht, Bruni nicht mitlesen zu lassen. Das war dann doch auch ein Vertrauensbeweis.

›Ich halte das Versteckspiel – vor allem vor Rota – nicht so gut aus. Dazu habe ich Angst vor Claim und der Justiz. Ich überlasse es jetzt dem Schicksal, ob man mich findet.‹

Loge war gleichermaßen happy über die Entschlüsselung und schockiert über die ersten Zeilen der »Flaschenpost«.

»Wie meint sie das mit dem Schicksal?«, fragte Loge.

»Wir müssen wohl weiterscrollen.« Sie hatten die Tischdecke als Projektionsfläche genommen. Die technische Erklärung der wundersamen Informationsvermehrung wollte Bruni später vornehmen.

»›Es tut so weh. Also hier beginnt die Schnitzeljagd: Klara – 52 42 N 6 11 O – Funk‹. Mehr ist nicht drauf.«

»Kann ich nicht glauben.«

»Tja.«

Loge kontaktierte Chandler, welcher versprach, sich binnen kurzer Zeit zu melden.

»Sind drei Stunden eine kurze Zeit?«

Sabrina Agneta Bruni verneinte und Loge erwog, zusätzlich Mike Hammer zu instruieren. Es hieß zwar, das Internet vergesse nichts, aber so formuliert stimmte es nicht. Es kam auf die Struktur der Datenbanken an, und manchmal half da eben nur eine assoziative.

»Worin unterscheiden sich die Arbeitsweisen von Chandler und Hammer?«

»Hammers technische Anlage ist der Hammer. Der legendäre Hamburger Chaos Computer Club wäre neidisch gewesen. Wenn es eine Information gibt, Hammer findet sie.«

»Aber?«

»Die Verknüpfung macht's. Da kommt dann Chandler ins Spiel. Oder wir beide. Sagt Ihnen Sudoku noch etwas?«

»Galt das nicht mal als Gehirnjogging, das probate billige Mittel zum Schutz vor Alzheimer? Beim Kreuzworträtsel lernte man möglicherweise etwas, wenn man Lexika bemühte. Was machen wir jetzt mit den Info-Schnipseln?«

»Wir füttern Hammers Anlage mit selbigen. Als Erstes übermitteln wir diese kryptische Zahlen- und Buchstaben-Kombination. Wenn das entschlüsselt ist, kann man nach Schnittmengen suchen.«

Chandlers Bild erschien auf einmal auf dem Tablet-PC, den Loge immer eingeloggt ließ. Er berührte den Mithörsensor.

»Ich bin mit dem Frauennamen keinen Schritt weitergekommen. Einen Code schließe ich aus. Wir müssen auf einen Kontext warten. Tschüss!« Weg war er.

»Und das nach mehr als drei Stunden.«

»Sie kennen ihn nicht.«

»Er meint das nicht so.«

»Sie tun ihm unrecht.«

»Er ist halt so.«

Loge schmunzelte. »War das nun Beckett oder Hemingway?«

Bevor Bruni antworten konnte, sagte Loge: »Strandkorb.«

»Ist das die neue Erkenntnis?«

»Das wird der Ort der Erkenntnis. Wissen Sie eigentlich, dass es zwei Grundkonstruktionen gibt? Einen Ostsee- und einen Nordseestrandkorb. Ich werde logischerweise einen letzteren buchen. Wenn es Ihnen nichts ausmacht, eine längere Zeit neben mir zu sitzen, schicke ich die Buchung jetzt ab.«

»Warum sollte mir das etwas ausmachen?«

»Nebeneinander zu sitzen, das hat so etwas Vertrautes.«

»Und was wollen Sie damit sagen?«

Bevor Loge ins Stottern geraten konnte, blinkte der Tablet-PC. Hammer meldete sich. Was der Scheiß mit dem Vornamen solle und wann er mal gefälligst seinen Spezifikationen entsprechend eingesetzt werde.

Hammer bekam 52 42 N 6 11 O übermittelt.

»Kein allzu freundlicher Bursche«, kommentierte Bruni und wollte auf ihre Frage zurückkommen.

Diesmal blinkte es nicht, sondern ein ungehaltener Mike Hammer erschien auf dem Monitor.

»Könntet ihr Banausen die Daten nochmals prüfen? Stehen die Zahlen und die beiden Großbuchstaben nackt und bloß in der Landschaft, oder haben sie vielleicht noch etwas an?«

»Lieber Mike, ich verstehe nur Bahnhof.«

»Ja ja. Der legendäre Stuttgart 21. Geschenkt. Könntest du die USB-Abbildung einmal vergrößern?«

Loge tat es und zeigte es Bruni. Diese deutete neben die erste Zahl.

»Ist das ein kleiner Kreis neben der 52?«

»Tatsächlich. Neben der 6 auch.«

»Und ein Hochkomma neben der 42.«

»Tatsächlich. Neben der 11 auch. Hast du mitgehört, Mike?«

»Gebongt. Geht doch.«

Bevor die Konferenzschaltung weitergehen konnte, hatte sich Hammer wieder ausgeklinkt.

»Den Strandkorb mieten wir aber trotzdem, vertraut oder nicht. Oder was meinen Sie, Dr. Loge?«

»Wie beliebt?«

»Ich wollte etwas ausprobieren.«

»Und wie klingt es?«

»Unangemessen, distanziert, nicht vertraut.«

»Und wie klänge vertraut?«

»Vielleicht der Vorname?«

»David. Das liefe auf ein Du hinaus.«

»Sabrina.«

»Auf ein Du müsste man Brüderschaft trinken.«

Ein wütender Mike Hammer erschien auf dem Monitor.

»Habt ihr sie nicht mehr alle? Verarschen kann ich mich selber.«

Loge und Bruni schauten etwas irritiert drein. »Was gibt's denn, Mike?«

»Ich hab meine Zeit doch nicht gestohlen. Um aus den Angaben des Längen- und des Breitengrades auf einen Ort zu schließen. Schon mal was von Grad und Minuten gehört? Dafür ist mir meine Computerrechenzeit zu schade. Tristram, ich hab schon kniffligere Aufgabenstellungen von dir bekommen.«

Und weg war er.

»Tristan?«

»Nein, Tristram.«

»Shandy. Lawrence Sterne.«

»Chapeau.«

»Exzellenter Literaturunterricht.«

»Mein zweiter Vorname.«

»Macht sich gut. David T. Loge.«

»No comment. Also rufen wir den Atlas auf. Nördliche Breite, östliche Länge. Meppel.«

»Sagt mir nichts.«

»Eine Stadt mit Hafen.«

»Und da hält sich Cora versteckt.«

»Und ist über Funk zu erreichen.«

»Und hat den Tarnnamen Klara. «

»Und hat sich auf einem Schiff versteckt.«

»Und das heißt Klara.«

»Und der Besitzer heißt Funk.«

Sie wussten nicht, wie nahe sie der Wahrheit waren.

Am folgenden Morgen wurden zwei Strandkörbe gemietet, die sich gegenüberstanden. Man schien sich an das Motto halten zu müssen: »Erst die Arbeit, dann das Vergnügen«. Das mit der Brüderschaft konnte ja warten …

So ein moderner Strandkorb war zugleich eine Multimedia-Konstruktion: der ganze technische Schnickschnack. Man konnte, wenn man denn wollte, sogar darin arbeiten. Und wenn man gar musste …

Bruni sollte die Assoziation ›Schiff-Versteck‹ verfolgen. Loge die Assoziation ›Kommunikation-Funk‹. Beide waren quasi in einer ruhenden Konferenzschaltung mit Chandler.

Mike Hammer hatte sich eingeloggt gelassen.

Cora Felicitas Clay hatte eigentlich nichts gegen Segelschiffe; es war schlicht das Vorurteil einer passionierten Speedbootfahrerin, die vor Myrtle Beach schon an nationalen Ausscheidungsrennen teilgenommen hatte. So lehnte sie folglich auch die Einladung eines Segelvereins ab, auf dem »Lake Constance« ein Zertifikat zu erwerben, das sogenannte »Bodenseeschifferpatent für Vergnügungsfahrzeuge«. Die behördliche Nomenklatur änderte nichts an dem jährlichen Dutzend an Wassersporttoten; es war nur die begriffliche Unterscheidung zur beruflichen Schifffart.

Ein wenig Segelpraxis wäre durchaus nützlich gewesen, wie sich später herausstellen sollte.

Die sprichwörtlichen schlaflosen Nächte gab es wirklich. Es lag nicht an dem gelegentlichen Schaukeln des äußerst schmalen Bettes. Ihr Abgang war ziemlich heftig gewesen, wie sonst hätte man es nennen sollen? Eine Taktik, Rota ihr Verhalten zu vermitteln, hatte sie noch nicht entwickeln können, oder würde es eher einer Strategie bedürfen?

Vielleicht hätte sie Krapp nicht mit hineinziehen sollen. Aber sie hatte stets den Eindruck, dass er von dem, was er machte, überzeugt war. Dass die Sache mit dem Motorrad fehlschlug, war nicht seine Schuld; er hatte sie mit ihrer Kalaschnikow perfekt ausbalanciert. Es hatte sich angeboten, eine rückstoßarme Waffe einzusetzen. Vielleicht war gerade das der Planungsfehler. Handgranaten wären nicht infrage gekommen. Selbst deren Post-War-Editions waren zu ungenau. Es müsste doch möglich gewesen sein, jemanden auf derartig kurze Entfernung zu eliminieren! Eigentlich ...

In welche Lage hatte sie Leninas Patenonkel gebracht? Juristisch: Beihilfe. Moralisch: ein weites Feld.

Sie waren beide übereingekommen, Lenina vorerst nicht zu informieren bzw. mit einzubeziehen. Man war sich nicht so richtig sicher, wie diese reagieren würde.

Das Verhältnis zu Cora hatte sich nach der Grand-Canyon-Psychoaktion geklärt.

Strafrechtlich machte es einen erheblichen Unterschied, Kenntnisse von einem Plan oder der Ausführung zu haben. Cora erinnerte sich, wie sie Krapp dazu gebracht hatte, ihr zu assistieren: beim missglückten Mordversuch und dem geglückten Absetzungsmanöver.

Was bringt eine Frau dazu, den Vater ihrer Tochter töten zu wollen? Aus Rache, weil Claim sie töten wollte? Sie hätte auch so auf ihn geschossen, in der begründeten Hoffnung, ihn damit zu liquidieren.

Sie hatte die Nacht der Einlieferung in die Frauenklinik lange verdrängt. Welches psychopharmakologische Teufelszeug mochte es wohl gewesen sein, das man ihr (wie?) verabreicht hatte? Man konnte sich anfänglich nicht bewegen, bekam aber alles mit.

Wichtig war wohl, dass man nach außen hin einen normalen Eindruck machte, zum Beispiel bei den medizinischen Untersuchungen (Blutdruck, EKG).

Eine Blutabnahme erfolgte nicht, wurde aus naheliegenden Gründen gerade noch verhindert. Das Nichtsprechen-Können ging als Stresssymptom durch.

Die Abtreibung wäre routinemäßig erfolgt, hätte sich nicht ein unglaublicher Zufall ereignet. Die OP-Schwester, eine aparte Japano-Amerikanerin, hatte ihre Ausbildung mit einem eher skurrilen Hobby finanziert: Simultanübersetzung von (Fernseh-)Ansprachen oder Vorträgen in die Gebärdensprache.

Cora hatte in ihrem Psychologiestudium ein Praktikum bei einer Firma gemacht, bei der ein gutes Dutzend Synchrondolmetscher angestellt waren.

Als die OP-Schwester Chiharu die Narkoseinfusion ansetzen wollte, versuchte es Cora mit dem Fingeralphabet. Zu ihrer unglaublichen Freude reagierte die Schwester.

Cora signalisierte: »Hilfe! Abbrechen! Notfall! Irrtum!«

Die Schwester hatte das Infusionsbesteck beiseitegelegt und »gesagt«: »Was ist los? Warum sind Sie denn hier?«

Und Cora »antwortete«: »Ich will das Kind. Man hat mich manipuliert. Helfen Sie mir!«

Schwester Chiharu musste erst verarbeiten, welch unglaubliche Konstellation sich hier ereignet hatte.

Für Cora sollte der Zufall für eine weitere Überraschung sorgen. Die Schwester war mit dem Operateur, Assistenzarzt Mason, liiert. Weil Cora noch immer nicht sprechen konnte, dolmetschte die OP-Schwester in der folgenden Dreier-Krisenkonferenz. Man beschloss, den Oberarzt nicht zu kontaktieren, geschweige denn den Chefarzt. Auch oder gerade die Polizei sollte außen vor bleiben.

Als Cora wenige Stunden später in ihrem Versteck, einem kleinen Einzelzimmer im Schwesternwohnheim, ihre Stimme wiedergefunden hatte, zeigte sich, dass Schwester Chiharu trotz ihrer Jugend eine Besonnenheit besaß, die es überhaupt ermöglichte, irgendwie aus der Situation herauszukommen.

Das »irgendwie« umfasste: Irreführung des Straftäters Claim, Gewährleistung einer prä- und postnatalen Betreuung, Unterbringung des Babys.

Verwaltungs- und rechtliche Probleme sollten sich, wie erwartet, zur Genüge anhäufen.

So gut es ging und so notwendig es schien, warf man entsprechend viele Blendgranaten und setzte ausreichend Nebelkerzen ein. Um das linguistische Repertoire noch weiter zu bemühen, musste man noch weiträumig verminen, sollte der Casus doch sinnvoll abzuschließen sein. Und »irgendwie« gelang es. Die Verbindungen aus der Armeezeit konnten bewirken, dass sich Claim kommunikationstechnisch eine sehr lange Zeit im Kreis drehen würde.

Es bedurfte keines peruanischen Bergdorfs, um das Baby, ein Mädchen, zu verstecken. Im Mittleren Westen der USA gab es trotz CNN und Fox nachrichtenfreie weiße Zonen, so etwa in Iowa. Da Coras früh verwitwete Mutter dorthin gezogen war, konnte man ja mal anfragen. Frau Clay war nichts Menschliches fremd.

Die Erziehung ihrer Tochter Cora als liberal zu bezeichnen wäre eine Untertreibung. Marineflieger Clay war bei der Landung auf einem Flugzeugträger umgekommen. Der Marinestützpunkt in San Diego war nicht der uninteressanteste Ort für eine junge Familie gewesen; die Hinterbliebenenunterstützung war angemessen.

Klein Cynthia sollte die absolute Gegenwelt erfahren. Durfte man es eine heile Welt nennen? Vielleicht.

Die Zeit schien in Iowa langsamer zu vergehen, so kam es Cora bei ihren eher seltenen Besuchen vor. Cynthia besuchte bereits die Schule …

Wie würde Cora ihre Tochter in ihr jetziges Leben integrieren können?

Wann? Irgendwann …

Nach zwei Stunden offensichtlich vergeblicher Recherche signalisierte Loge, er habe Durst. Auf der Promenade waren die traditionellen Winzertage mit ihren Zelten. Bei einem Prosecco bzw. einem Moselriesling sichtete man die bisherigen Fakten; Ergebnisse konnte man sie kaum nennen.

»In Meppel wurde einmal ein Segelschoner gebaut, der den Doppelnamen ›Klara Katharina‹ trug.«

»Schön. Ich meinerseits komme mit ›Funk‹ nicht weiter.«

Bruni tippte auf ihr Smartphone. »Das glaub ich jetzt nicht.«

»Was?«

»Der Besitzer hieß Funk. Karl Funk.«

»Wann war das?«

»Anfang des 20. Jahrhunderts.«

»So ein Kahn ist schon längst verrottet.«

»Warten Sie … in einem Nordweststurm gesunken. Das war's dann wohl.«

»Starten Sie mal 'nen neuen Check, etwa unter ›Restaurierung‹ oder ›Wieder-in-Dienst-Stellung‹.«

»Was soll das bringen?«

»Tun Sie's einfach.«

An sich war es egal, wer von beiden schneller war, Bruni oder Hammer. Hammers Kommentare waren wohl erfrischender.

»Schon mal was von umtaufen gehört? Der Kahn heißt jetzt ›Die Weiße Düne‹.«

Was jetzt folgte, konnte man mit Sudoku vergleichen: Stimmten die ersten Zeilen, Spalten und Blöcke, dann ging es ganz schnell.

»Wir sind auf der falschen Insel, folglich in der falschen See. Die Lösung liegt an der Ostsee.«

»In der Ostsee. Auf Usedom.«

»Eine Insel ist eine Insel. ›A rose is a rose is a rose.‹«

»Gertrude Stein.«

»Chapeau!«

»Und wer fliegt jetzt hin und recherchiert?«

»Wen haben wir denn alles?«

»Darf es alphabetisch sein? Bruni, Chandler, Hammer, Lenina, Loge, Rota. Sollen wir Professor Rota schon oder überhaupt einbeziehen?«

»Seine Formulierung war: ›Aber Sie informieren mich regelmäßig?‹«

»Und das haben Sie zugesichert?«

»Meine Formulierung war: ›Gewiss, sobald ich es für sinnvoll erachte.‹ Also fragen Sie!«

»Halten Sie es für sinnvoll?«

»Nein. Ich würde gern Lenina einsetzen. Sie ist sehr belastbar and quick in the uptake. Wie bekomme ich heraus, wie viel sie weiß?«

»Darf ich einen Vorschlag machen? Als Ihre Sekretärin?«

»Das mit der Fast-Brüderschaft ist ja Äonen her.«

»Ich stelle mir den Wortlaut einer Mail etwa so vor: ›Sehr verehrte Frau Lenina Rota-Molloy, nach einem Gespräch mit Ihrem Vater, Professor Dr. Rota, in Berlin übernahm Herr Loge die Suche nach Cora F. Clay. In seinem Auftrag bitte ich Sie, uns zeitnah mitzuteilen, bis zu welchem Ausmaß Sie informiert sind. Herr Loge denkt daran, Sie um Ihre Mithilfe zu bitten.‹ Soll ich noch dezent persönlich werden? Etwa: ›Er weiß um das gute Verhältnis zwischen Ihnen, Ihrem Vater und Frau Clay. Als Pilotin hätten Sie zudem den Vorteil, äußerst flexibel zu sein, und könnten von uns allen am besten den Überblick behalten.‹ Was sagen Sie?«

»Perfekt. Ergänzen Sie bitte noch: ›Wir vermuten Cora auf dem Segelschoner »Die Weiße Düne«, stationiert in Wolgast, ein Hafen am sogenannten Achterwasser. Der nächste Flughafen ist Heringsdorf. – PS: Wir sind auf Sylt stationiert.‹«

»Abschicken?«

»Abschicken!«

Bruni und Loge schlenderten durch eine der beiden Hauptstraßen zum Hotel zurück, beider elektronisches Equipment auf Vibration und Akustik eingestellt. Man war doch sichtlich nervös. Dennoch trank man in der Hotelbar nur Bitter Lemon.

»Wann wohl die Brieftaube eintrifft?«

»Und was, wenn ihr der Seewind zu schaffen macht? Nun ja, zur Not gibt es noch die Flaschenpost.«

Loge merkte, dass Bruni solche Sprüche nicht mehr so cool fand.

Etwa eine Stunde war vergangen, da meldete sich Hammer.

»Ganz nett hier in Bansin. Gehe jetzt schwimmen. Hoffentlich zieht mich die Flut nicht raus. Kommt doch rüber.«

»An der Ostseeküste gibt es keine Flut«, äußerte sich ein überraschter Loge.

Bruni war sichtlich ungehalten. »Ich habe keine fail-mail erhalten. Warum reagiert Lenina dann nicht?«

Als ob Lenina darauf gewartet hätte:

»Lenina (Rota-Molloy)

Anfrage an Loge (Dr. Tristram David)

– – Top secret
– – Top priority
»Ist die Landebahn in Heringsdorf lang genug für einen Privatjet?

»Kann man auf dem Achterwasser wassern? a) Propellermaschine b) Hubschrauber«

»Kurz und bündig. Aber wie kriegen wir das raus?«

»Ich mach das schon«, sprach Bruni und verschwand auf ihr Appartement. Als Sekretärin hatte sie Erfahrung mit Gesprächspartnern. Sie besaß eine angenehme Stimme und sah nicht übel aus.

So veranlasste sie eine Videoschaltung zum technischen Direktor des Flughafens. Dieser verriet ihr quasi hinter vorgehaltener Hand, dass man durchaus auch mit größeren Vögeln landen könne, vorausgesetzt, man kenne sich mit den Feinheiten der Schubumkehr aus.

Und zur Frage des Wasserns auf dem Achterwasser hieß es: »Was wollen Sie denn da? Machen Sie lieber einen Ausflug mit der ›Weißen Düne‹, die haben 'ne schicke Bar.« Seine Privateinschätzung: Wasserflugzeug eher nein; Hubschrauber ja, mal abgesehen von behördlichen Auflagen.

Bruni bedankte sich artig mit einem koketten Lächeln.

Dann ging sie zu Loge zurück und ließ ihn die Antwort auf Leninas Fragen abschicken.

»Und was machen wir beide?«

»Wir buchen bei der Helikopterfirma, mit der ich nachgekommen bin.«

»Müssen wir eigentlich auf dem Flughafen Heringsdorf landen?«

»Ich frage mal nach, ob sie einen Wasserhelikopter haben.«

Die Anfrage ergab ein Nein.

»Es wird ja in der Nähe des Wassers eine geeignete freie Landefläche geben.«

»Also, auf was warten wir?«

Coras dunkelblondes Haar im Pagenschnitt bot vielfältige Möglichkeiten der Camouflage. Krapp hatte ihr eine Auswahl der unterschiedlichsten Perücken mitgebracht. Obwohl sie eigentlich auf der Flucht war, ließen sie sich Zeit.

Man verwarf schulterlang und schwarz, hochgesteckt und schwarz mit grauen Strähnen, obwohl Letzteres vorzüglich verfremdete. Man musste aber eine gewisse Robustheit der Frisur verlangen.

Schließlich entschied man sich für rötlich blond und mittellang. Eine quasi dioptrienlose Brille, der man das Fensterglas nicht ansah, veränderte mit ihrem konservativen Gestell hoffentlich die Erkennungswahrscheinlichkeit. Vielleicht hätte man in der Planung auch an ein Gesichtserkennungsgerät denken sollen …

Körperhaltung und Gangart waren gleichermaßen wichtig. Eine energiegeladene Psychologin, die die Welt zu durcheilen pflegte, müsste eben mit hängenden Schultern und behäbig schlurfend ihre Flucht gestalten.

Hinter dem Tresen der »Lord Nelson Bar« auf der »Weißen Düne« reduzierte sich da einiges.

Auf dem Segler gab es touristenfreie Tage; da ging selbst der Kapitän an Land. Cora war dann »member on duty«.

Wer Lenina kannte, mochte sich ihre Reaktion leicht ausrechnen: Jet nach Heringsdorf, Wasserhelikopter ab Heringsdorf.

Cora wusste selbst nicht, auf was sie wartete, und konnte sich auch nicht vorstellen, was sie erwartete.

Einen Wasserhubschrauber hatte sie hier noch nie gesehen; mit dem Fernglas wollte sie ausschließen, dass es sich um einen Polizeihubschrauber handelte. Der Helikopter flog die Uferlinie des Achterwassers ab und kam dann direkt auf das Schiff zu. Cora rannte unter Deck, um ihre Beretta zu holen. Wieder an Deck, stellte sie zu ihrer Beunruhigung fest, dass der Hubschrauber gewassert hatte und langsam auf den Schoner zutrieb. Eine Frau stand bei geöffneter Kabinentür auf einem der Schwimmer.

»Bitte an Bord kommen zu dürfen!«

Das war wohl die Pilotin, einen Passagier sah man nicht.

»Warum?«

»Ich möchte mit Ihnen einen Kir Royal trinken.«

Cora fühlte sich, als treffe sie der sprichwörtliche Schlag. Lenina! Hier, als Erste! Ob die Camouflage wirken würde? Musste sie das denn überhaupt? Strickleiter, ganz klassisch.

»Gehört das Speedboot am Heck Ihnen?«

»Ja.«

»Irres Modell.«

»Hmm.«

Lenina folgte Cora in die Bar.

Ziemlich einsilbig, die Barfrau. Rötlich blond und mittellang. Das sollte Cora sein? Wenn man ihre Augen besser sehen könnte hinter diesem Krankenkassengestell und bei dieser Beleuchtung … Dann also Spielchen.

»Mein Vater hat einen guten Rechtsanwalt ausfindig gemacht. Exzellente Referenzen.«

»Hat er etwas angestellt? Etwas Schlimmes?«

»Etwas sehr Schlimmes. Aber nicht er.«

»Sondern?«

»Seine Partnerin.«

»Hat der Prozess schon begonnen?«

»Nein.«

»Warum nicht?«

»Die Täterin ist flüchtig. Man findet sie nicht.«

»Ist das so schwer?«

»Für mich nicht, Cora.«

Die so Benannte und Erkannte brach hinter der Theke zusammen.

An wie vielen Erste-Hilfe-Auffrischungskursen sie teilgenommen hatte, hätte Lenina nicht mehr zu sagen vermocht.

»Eigentlich wollte ich ja, dass ihr mich findet«, formulierte Cora nach ihrer kurzen Ohnmacht. »Ich bin froh, dass du hier bist. Gibst du deinem Vater Bescheid?«

»Ich weiß nicht so recht. Ich müsste erst mit Loge beratschlagen. Kommen hier öfter Helikopter vorbei?«

»Um Gottes willen, nein.« Lenina war an Deck geeilt.

»Kannst du erkennen, ob es die Polizei ist?«

»Es ist ein Privatunternehmen. Pendelflüge Sylt-Amrum-Rügen-Festland. Jedenfalls steht das drauf.«

»Dafür fliegen sie aber ziemlich tief.«

»Die suchen was. Aber so klein ist das Schiff doch nicht. Du, die gehen runter. Einfach so. Der Flughafen ist doch Meilen weg.«

»Ich mach das Speedboot los.«

»Gemach, gemach. Lass uns vorerst mal abwarten. Bleib einfach unter Deck.«

Leninas Smartphone vibrierte. Sie ging zum Vorschiff. Es war Loge.

»Lenina, wo sind Sie jetzt?«

»Ich stehe auf einer Düne und schau achtern aufs Wasser.«

Lenina glaubte etwas wie »Achterwasser« zu hören, geflüstert von einer Frauenstimme.

»Ihre Begleiterin hat recht. Ich bin auf dem Achterwasser.«

»Sie sind vor Ort?«

»An Bord.«

»Chapeau!«

»Danke.«

Pause. Die mussten wohl erst schlucken.

»Wie kommen wir an Bord?«

»Ich könnte euch holen. Ist auf eurer Landefläche noch Platz für einen zweiten Hubschrauber?«

»Positiv.«

Irgendwo schien hier ein Nest zu sein. Ein weiterer Helikopter. Mit Schwimmern! Hellgrau, ganz unauffällig. Zu unauffällig! Vielleicht sollte Cora das Speedboot doch flottmachen? Sie saß bereits drin.

Als der hellgraue Helikopter neben dem von Lenina aufsetzte (an Steuerbord), entfernte sich Cora mit Elektroantrieb (von Backbord), um dann, als man das Schiff »geentert« hatte, in einiger Entfernung das Speedboot, seiner Bezeichnung entsprechend, einzusetzen.

Lenina, Bruni, Rota und Loge saßen in einem Fischrestaurant an der Nordspitze Sylts (in List). Man aß Muscheln und Austern.

Nach der ominösen Aktion eines sehr investigativen US-Auslandsgeheimdienstes (auf europäischem Hoheitsgebiet) hatte Lenina tunlichst darauf verzichtet, Loge und seine Sekretärin abzuholen. Sie selbst hatte den drei Männern in Sportkleidung ihren Dienstausweis der Homeland Security präsentiert.

Ein total gefrusteter Rota wollte wissen, wie seine Tochter an diesen Ausweis gekommen war.

»Eine Fälschung, lieber Papa. Ich komme beruflich viel in der Welt rum. Übrigens, wir sollten alle vier die Firewalls unserer Kommunikationsgeräte checken. Ich habe ja gute Nerven, aber der Auftritt der US-Boys war schon heftig.«

Coras Verhalten fand man eigentlich schon gut. Wie aber sollte es weitergehen?

Loge hatte noch eine technische Frage. »Wie kam Cora denn von dem Binnensee runter?«

Lenina sagte: »Das Achterwasser ist kein Binnensee.«

Bruni ergänzte: »Eine Insel ist eine Insel.«

Ein irritierter Loge wurde dann sehr nachdenklich und entschuldigte sich kurz.

Bruni wollte Rota trösten. »Mein Chef nimmt bereits Kontakt zu Chandler und Hammer auf.«

Rota sollte lange Zeit nicht zu trösten sein.